Detetive Cecília
E A ÁREA DE SOMBRA

Detetive Cecília
E A ÁREA DE SOMBRA

LUIS EDUARDO MATTA

ILUSTRAÇÕES: FÁBIO SGROI

© Editora do Brasil S.A., 2021
Todos os direitos reservados

Texto © Luis Eduardo Matta
Ilustrações © Fábio Sgroi

Direção-geral: Vicente Tortamano Avanso

Direção editorial: Felipe Ramos Poletti
Gerência editorial: Gilsandro Vieira Sales
Edição: Paulo Fuzinelli
Assistência editorial: Aline Sá Martins
Auxílio editorial: Marcela Muniz
Apoio editorial: Maria Carolina Rodrigues
Supervisão de arte: Andrea Melo
Design gráfico: Fábio Sgroi
Editoração eletrônica: Fábio Sgroi
Supervisão de revisão: Dora Helena Feres
Revisão: Andréia Andrade e Jonathan Busato

Dados Internacionais de Catalogação na Publicação (CIP)
(Câmara Brasileira do Livro, SP, Brasil)

Matta, Luis Eduardo
  Detetive Cecília e a área de sombra / Luis Eduardo Matta ; ilustrações Fábio Sgroi. -- São Paulo : Editora do Brasil, 2021. -- (Detetive Cecília)

  ISBN 978-65-5817-936-8

  1. Literatura infantojuvenil I. Sgroi, Fábio. II. Título. III. Série.

21-55119   CDD-028.5

Índices para catálogo sistemático:
1. Literatura infantil 028.5
2. Literatura infantojuvenil 028.5

Cibele Maria Dias - Bibliotecária - CRB-8 / 9427

1ª edição / 5ª impressão, 2024
Impresso na Forma Certa Gráfica Digital

Avenida das Nações Unidas, 12901
Torre Oeste, 20º andar
São Paulo, SP – CEP: 04578-910
Fone: + 55 11 3226-0211
www.editoradobrasil.com.br

SUMÁRIO

1. Bombas no condomínio? 9
2. Trovoada sem nuvens 13
3. Acidente na colina 19
4. A área de sombra 25
5. A crítica de arte 30
6. Racional, o fugitivo 34
7. Convite inesperado 38
8. Incidente na festa 42
9. O atentado e o leilão 50
10. Consultando a enciclopédia 53
11. O táxi 58
12. Uma sombra na garagem 63
13. A impostora 69
14. Uma acusação grave 74
15. O bandido misterioso 78
16. Surpresa no leilão 83
17. O pior motorista do condomínio 86
18. Uma tropa invade o leilão 91
19. O quarto detetive? 96

1. BOMBAS NO CONDOMÍNIO?

O silêncio pesado na sala não era nem um pouco normal. Até porque ela não estava vazia.

Cecília sabia que já devia ter se acostumado. Afinal, era a realidade da maioria das famílias hoje em dia. E nem ao menos era novidade no apartamento dela. Uma pessoa mais velha, criada em outra época, talvez tivesse mais razões para se incomodar. Mas ela, ainda tão jovem, não. Afinal, não conheceu nenhuma outra época que não fosse a que estava agora. Se conversasse sobre isso com qualquer um dos seus amigos ou colegas de escola, todos ririam dela e perguntariam em que planeta ela vivia. Seria como questionar por que as pessoas dormiam todas as noites ou se horrorizar ao constatar que elas bebiam água quando sentiam sede.

Mas o que mais deixava Cecília perplexa era que a mãe tinha, naquela noite de 11 de novembro, marcado um jantar para celebrar o Dia da Independência de Angola, terra da família de sua melhor amiga, Mariela.

Sim, um jantar!

E em vez de estarem em torno de uma mesa, conversando, rindo, trocando experiências, todos preferiam ficar mexendo no celular. Os olhos vidrados no maldito aparelhinho, compenetrados lendo postagens engraçadinhas, assistindo a vídeos idiotas, fuçando as redes sociais de amigos e conhecidos e participando de grupos bobocas em aplicativos de mensagens, cujo principal objetivo parecia ser espalhar notícias falsas e disputar quem desejava o melhor bom-dia enviando a figurinha mais ridícula.

Enquanto isso, nada de o jantar sair. E o pior era que ninguém parecia estar com fome. Nem Mariela.

A gota-d'água foi quando Cecília viu a mãe soltar uma risadinha ao ler qualquer coisa no celular e se virar para a mãe de Mariela, animadíssima:

– Olha isso!

Juliana, a mãe de Cecília, e Isabel, a mãe de Mariela, eram amigas de longa data, desde que se mudaram para o condomínio Quinta do Riacho praticamente na mesma época, quando as filhas ainda eram bem pequenas.

Isabel leu a mensagem e caiu na gargalhada.

– Que coisa mais tola! – exclamou ela. Cecília chegou a ter esperanças de que aquela troca de palavras poderia quebrar o silêncio do jantar, mas Isabel imediatamente voltou para o seu celular e a situação seguiu na mesma.

Até pouco tempo atrás todos que estavam ali naquele apartamento conversavam muito. Havia tantas coisas a contar do dia a dia... As pessoas se abraçavam mais, falavam sobre o que tinham feito à tarde, relatavam situações curiosas pelas quais tinham passado e a vida parecia melhor. Aos poucos, isso foi mudando, e, agora, praticamente todos os assuntos pareciam vir do celular. E as reações eram mais ou menos como a que Isabel acabara de ter. Uma risadinha, seguida ou não de algum comentário breve, antes que os olhos mergulhassem novamente naquela telinha que, pelo visto, tinha o poder de hipnotizar as pessoas e raptá-las do mundo real.

Cecília queria contar que hoje, pela primeira vez, fizera uma redação que lhe pareceu boa. O tema era "Qual a importância da arte nas nossas vidas?", e, como estavam no final do ano, uma nota boa garantiria sua passagem de ano. Por coincidência, Cecília estava lendo um livro policial sobre o roubo de um quadro importante, e isso, de alguma maneira, lhe deu segurança para escrever a redação sem a necessidade de enchê-la de palavras desnecessárias para tentar disfarçar seu desconhecimento do tema. Ao final da aula, perguntou a Mariela como tinha sido a redação dela, mas a amiga apenas grunhiu um "legal" e deu de ombros. Estava absorvida demais pela internet, provavelmente compartilhando memes ou xeretando a vida dos outros nas redes sociais.

Cecília decidiu apelar, numa tentativa quase desesperada de chamar a atenção:

– Vocês viram quem morreu?

Ninguém respondeu. Todo mundo continuava com os olhos grudados nos celulares. Cecília, mais uma vez, tentou se lembrar em que momento aquelas pessoas sempre tão comunicativas haviam se transformado em verdadeiros seres mitológicos – metade humano, metade celular.

A menina elevou o tom de voz:

– Gente, não é possível que vocês não tenham sabido da morte que aconteceu bem aqui no condomínio.

Ela deu especial ênfase à palavra "morte", e Mariela – pelo menos ela – pareceu voltar à realidade.

– Uma morte...?

Mariela estivera tão silenciosa que sua voz soou estranha naquele cômodo, como se um galo tivesse pousado na janela e começado a cantar "O Sole Mio". Tanto que Juliana e Isabel também afastaram os olhos do celular e encararam Cecília interrogativamente:

– Uma morte aqui? – indagou Juliana. – Tem certeza?

– Impossível – Isabel fez coro. – Nós ficaríamos sabendo de algo assim.

Cecília fez uma careta:

– Talvez, se vocês conseguissem largar o celular por um segundo.

O rosto de Juliana fechou:

– Ei, que modos são esses, Cecília? Esqueceu que sou sua mãe? Desde quando você fala comigo assim?

– Desde que o assunto morreu – respondeu a menina. – Era da morte dele que eu falava. E, pelo visto, o assunto, coitado, morreu não só no condomínio mas também neste apartamento.

Todas se entreolharam confusas.

– Mas nós temos assunto... – falou Isabel.

– Não parece. Para que marcar um jantar se todo mundo acha mais divertido ficar mexendo no celular?

Juliana não gostou de ter a atenção chamada daquele jeito pela própria filha e se pôs de pé na mesma hora, com o dedo em riste para ela:

– Escute bem aqui, mocinha. Eu pago as contas nesta casa e...

Não completou a frase, pois, naquele instante, um estrondo assustador invadiu o apartamento, a ponto de estremecer o chão e fazer a louça que estava posta à espera do jantar que nunca saía se mover sobre a mesa. A luz foi embora no segundo seguinte, e Cecília, Mariela, Juliana e Isabel, num impulso, se atiraram no chão. A impressão era a de que estavam bombardeando o condomínio e o segundo míssil já estava a caminho.

– Meu Deus do céu... – gritou Mariela com as mãos na cabeça. – Que morte triste para uma menina como eu que nem começou ainda a viver direito...

Elas ficaram imóveis por alguns minutos, mas a segunda explosão não aconteceu. A luz foi restabelecida e, dali do apartamento, elas ouviram o vozerio aflito dos vizinhos se multiplicando do lado de fora.

As quatro se levantaram devagar.

– Com quem será que o Leôncio arrumou briga dessa vez? – perguntou Cecília, já imaginando que o síndico do Quinta do Riacho, Hélio Moacyr Moura, que elas apelidaram de "Leôncio" por causa da semelhança dele com a morsa do desenho animado *Pica-Pau*, estava, de algum modo, por trás daquilo. Ele era o principal suspeito dela e de Mariela sempre que algo de errado acontecia no condomínio.

– Algum grupo terrorista, na certa – afirmou Mariela, que não tinha nenhuma dúvida do que dizia.

– Parem de falar bobagens, as duas – ralhou Juliana, apanhando o celular que havia ficado no sofá. – É só dar uma olhada na internet que rapidamente descobrimos o que houve.

Mas a internet estava fora do ar. Tanto a do celular quanto o *wi-fi* do apartamento. Mariela, Isabel e até Cecília verificaram seus aparelhos e chegaram à mesma conclusão.

Mariela fez uma careta para Cecília:

– Satisfeita?

Cecília deu de ombros.

– Um pouco. Pelo menos agora a gente está conversando.

– Só falta você dizer que tem alguma coisa a ver com isso.

– Não, mas só porque não pensei nessa possibilidade antes – Cecília quase riu. – Não duvido que quem tenha provocado a explosão também estivesse se sentindo trocado pelo celular numa reunião de família. Se for, já virou meu ídolo.

2. TROVOADA SEM NUVENS

As quatro desceram até a portaria do edifício, mas tanto o zelador quanto os outros moradores que também tinham corrido para lá estavam tão por fora quanto elas. Cecília e Juliana moravam no Cotovia, um dos dez edifícios do condomínio, e o zelador orientou-as para que fossem até a Casa Velha, onde funcionava o gabinete do síndico, pois talvez lá alguém soubesse o que aconteceu.

Elas caminharam junto com um grupo de vizinhos igualmente atordoados. Como eram muitos e as calçadas do condomínio estreitas, a maioria precisou andar pelo meio da rua. Uma antiga Mercedes cinza que seguia devagar logo atrás reduziu ainda mais a velocidade ao ver o grupo e deu duas buzinadinhas, antes de parar e abaixar os vidros. Era Edézio Crisóstomo Arjona, o leiloeiro de arte morador do Edifício Uirapuru, o mais elegante do condomínio, que ficava logo depois do Cotovia.

– Para onde vocês estão indo? – perguntou ele para ninguém em particular. Uma música clássica enchia o interior do veículo. – Aconteceu alguma coisa?

Cecília só teve tempo de se perguntar em que mundo aquele homem vivia...

– O senhor não ouviu a explosão?

Edézio arregalou os olhos.

– Explosão...?

– Não é possível que o senhor não tenha escutado – disse Mariela. – Ela foi tão forte que pensei que o prédio inteiro iria abaixo.

– Eu estava com os vidros do carro fechados e eles são à prova de ruído.

Cecília reparou no carro de Edézio. Era grande, quase uma limusine. O interior era espaçoso e luxuoso. Os bancos eram de couro claro, e o painel, de madeira. Devia ter custado uma fortuna. O próprio Edézio era a imagem da riqueza. Tinha os cabelos

prateados, quase brancos, muito bem cortados e fixados com gel, óculos de aros dourados e a pele bem cuidada, e estava sempre vestido impecavelmente com ternos que deviam custar, pelo menos, uns três meses de mensalidade da sua escola.

– Estamos indo falar com o síndico – falou Mariela. – Ele deve saber que explosão foi essa.

– Não creio que tenha sido no condomínio, minha jovem – disse Edézio. Ele era sempre muito educado e simpático. – O importante é que ninguém tenha morrido ou se ferido. O resto se resolve. Se precisarem de algo, me procurem no Uirapuru. Estarei de volta em duas horas – e tornou a levantar os vidros, avançando novamente com o carro.

Elas alcançaram a Casa Velha, diante da qual uma multidão se aglomerava. Parecia uma daquelas cenas de filme em que o povo, revoltado, se prepara para invadir o castelo, depor o rei e tomar o poder. A Casa Velha era uma construção antiga, remanescente da fazenda que existiu muito tempo atrás nas terras hoje ocupadas pelo Quinta do Riacho e que abrigava a sede do condomínio. Lá trabalhavam o síndico e sua equipe.

Leôncio, aliás, estava bem em frente à entrada principal, de pé sobre uma cadeira, que funcionava como um palanque improvisado. Ao lado dele, Ivo Gonçalves, o chefe da segurança do condomínio, mais parecia um guarda-costas de boteco. Cecília achou a dupla ainda mais ridícula do que já era no dia a dia.

– Caros condôminos, não há motivo para todo esse pânico – disse o síndico, agitando as mãos como se fosse um político discursando num comício. – Assim que houve a explosão, mandei minha assessoria se informar sobre o que aconteceu, e tudo indica que um raio caiu aqui perto, na Colina das Torres.

Cecília e Mariela se entreolharam, alarmadas.

Raio?

Elas levantaram a cabeça para o alto, para o céu estrelado, sem nenhuma nuvem. A Colina das Torres ficava a 600 metros dali. Se um raio tivesse caído lá, era para uma tempestade estar inundando o condomínio naquele momento. A assessoria de Leôncio ou era incompetente ou mentirosa mesmo.

Diante do silêncio dos vizinhos, que pareceram aceitar a explicação numa boa, Cecília se viu obrigada a reagir:

– Se foi um raio, não era para estar chovendo?

O síndico olhou para a menina como se ela fosse um inseto inconveniente.

– Nem sempre raios vêm seguidos de chuva, garota – disse Leôncio, com deboche. – Quantas vezes todos nós aqui ouvimos trovoadas assustadoras e corremos para casa com medo de um temporal que acabou não vindo?

Alguns condôminos riram, concordando com um homem que, visivelmente, tentava enrolar todo mundo. Era impressionante como as pessoas gostavam de ser enganadas. Será que ninguém mais via que o céu estava limpíssimo e que uma trovoada naquelas condições era tão provável quanto um elefante cacarejar e pôr um ovo?

– Mas Leônc... Sr. Hélio Moacyr – falou Mariela. – O céu não está nublado. O senhor está tentando convencer a gente que trovoada não precisa de nuvem?

O olhar que Leôncio dirigiu a Cecília e Mariela foi tão furioso que elas pensaram que seriam transformadas em pedra.

– As nuvens podem ter se afastado – disse ele, olhando para Gonçalves, que apenas sacudiu os ombros em apoio ao chefe. – Acontece às vezes.

– Pelo visto, elas fugiram, né? – disse Cecília, sarcástica. – Com certeza, além do raio, teve um vendaval aqui, mas ninguém percebeu porque estava com a cara grudada no celular.

Nervosas com o fato de as filhas estarem enfrentando o síndico, Juliana e Isabel fizeram menção de tirar as duas dali, mas pararam antes de tentar. Em primeiro lugar, porque perceberam que as meninas tinham razão. Não ventava na região há dias, e isso, somado à ausência de chuvas, tornava a explicação de Leôncio bastante bizarra. Mas o que as deteve foi a própria reação do síndico, que, surpreendentemente, abriu um sorriso (se é que se podia chamar aquela careta medonha de sorriso) e fez um convite:

– Já que vocês estão tão desconfiadas, por que não me acompanham até a Colina das Torres agora? Só estou esperando essa coletiva com os condôminos acabar para ir ao local onde o raio caiu.

Mariela perguntou:

– E alguém já sabe quando a internet vai voltar?

Leôncio deu uma resposta atravessada:

– É só com isso que você está preocupada, menina? Com a internet? Não passou pela sua cabeça que o raio pode ter deixado pessoas feridas?

Mariela reagiu:

– Se tem pessoas feridas, não era melhor a gente já ter ido à Colina das Torres em vez de ficar papeando aqui?

Cecília completou, irônica:

– Nossa única preocupação, na verdade, é com a chuva que está a caminho. – Ela deu mais uma olhada no céu estrelado, sem nuvens, e completou: – Pelo tamanho da trovoada, vai ser um dilúvio daqueles, e me lembrei agora que eu não sei nadar muito bem.

3. ACIDENTE NA COLINA

A Colina das Torres tinha esse nome por causa das altas torres de transmissão de eletricidade e de telecomunicações que ficavam concentradas numa área descampada e isolada, nas imediações da Avenida Itaguapé, que dava acesso ao condomínio. Anos atrás, um decreto municipal determinou que, por questões de segurança e para facilitar a manutenção, as antenas ficariam concentradas num só espaço. Foi escolhida, então, aquela área, que pertencia ao município e era uma das únicas da região ainda pouco habitadas na época.

As mães de Cecília e Mariela se lembravam da verdadeira operação de guerra que foi transferir todas aquelas antenas, que até então estavam espalhadas pela cidade, para a colina, que passou, a partir daquela época, a ser chamada de Colina das Torres. A cidade, depois de um tempo, cresceu para aqueles lados, e até a antiga fazenda Quinta do Riacho, que ocupava boa parte da vizinhança, acabou virando condomínio.

Apesar disso, o entorno da colina, por um decreto municipal, era ainda área de preservação e nada podia ser construído num raio de 500 metros. O resultado era uma região de mata nativa preservada – o que era bom; porém, assustadoramente deserta, o que dava certo medo, ainda mais à noite.

Quando a *van* do condomínio, conduzida por Gonçalves, chegou à colina, encontrou diversas viaturas da polícia e dos bombeiros estacionadas. A área das torres estava isolada. O cheiro de queimado continuava forte e ainda era possível ver um ou outro pequeno foco de incêndio.

Leôncio foi, é claro, o primeiro a descer da *van*. Cecília e Mariela, escoltadas pelas mães, foram as últimas. Leôncio afastou-se para conversar com os policiais, e Cecília e Mariela notaram, mais ao longe, um homem careca, vestindo *jeans* e camisa polo vermelha, que atraía a atenção de todos. A distância, não dava para ver bem quem era. O homem, sentado no que parecia ser um caixote, estava atordoado com tanta gente em volta.

– Olha lá, Cecília – Mariela apontou para o homem de polo vermelha. – Prenderam o "Trovoada".

Cecília virou-se espantada para a amiga.

– "Trovoada"...?

– Sim, o terrorista que mandou as torres pelos ares. O Leôncio não disse que foi um raio que causou a explosão?

Cecília quase riu.

– Sim, um raio de verdade. Não um homem disfarçado de raio.

– Então por que os policiais estão falando tanto com ele? Está na cara que é um interrogatório.

– Por que alguém explodiria as torres? Não tem sentido. Acho até que é por causa disso que o Leôncio pensa que foi um raio. Ele não vê outra explicação. E, se não fosse o céu sem nuvens, eu até concordaria com ele.

– Se não foi raio nem atentado, foi o quê, então?

Cecília sacudiu os ombros.

– Sei lá... Um curto-circuito, talvez? – disse ela, sem convicção.

– Só sei que isso está muito esquisito – Mariela voltou a olhar o celular e desesperou-se ao ver que a rede continuava fora do ar. – Ai, meu Deus do céu, e essa internet que não volta nunca?

– Veja pelo lado positivo – disse Cecília. – A gente conversou na última meia hora mais do que nos últimos seis meses.

– Nem vem. A gente conversa bastante.

– A maior parte via mensagens de texto. Desde que seus pais te deram esse celular que você tem aí nas mãos agora, seu melhor amigo passou a ser ele.

Mariela riu:

– Está com ciúme?

– Não é ciúme, mas quer saber a verdade? É horrível conviver com pessoas que não tiram os olhos do celular. Você não é a única. Minha mãe é outra que entrou nessa onda.

Mariela voltou a espiar o celular, mas a internet não tinha voltado. Sua vontade foi arremessar o aparelho para bem longe, mas ela, felizmente, parou a tempo. Não só não resolveria nada como os pais dificilmente lhe dariam outro tão cedo.

– Qual o problema de ficar sem internet por umas horas, Mariela? – interpelou Cecília, impaciente. – Você está com algum problema urgente? Alguém da sua família está doente? Você tem filho pequeno na escola? Você é médica e tem um paciente grave precisando falar com você a qualquer momento? Está esperando alguma notícia que vai mudar sua vida? A resposta para todas essas perguntas é um "NÃO" bem grande em letras vermelhas berrantes e piscando. Então sossega!

– Eu... Bem, eu... eu queria saber, por exemplo, o que aconteceu com as torres.

– Nós estamos em frente a elas. É só perguntar a alguém aqui. Qualquer notícia que sair na internet vai partir deste lugar onde a gente está agora.

Elas deram alguns passos, mas foram detidas pelas mães.

– Aonde é que as madames pensam que vão? – perguntou Juliana.

– Já fizemos um grande favor em concordar que vocês viessem até a colina – disse Isabel. – Agora tratem as duas de ficar bem quietinhas aqui.

– E se o síndico for demorar muito, vamos chamar um carro ou um táxi pelo aplicativo para nos levar de volta ao condomínio – falou Juliana. – Onde já se viu? Esse estrupício desse síndico quer o quê? Passar a noite neste lugar deserto?

– Chamar carro por aplicativo? – perguntou Cecília. – Como, se estamos sem internet?

Juliana olhou desolada para o celular, caindo em si.

– Então... Então eu ligo para alguém vir nos buscar.

– A gente está sem telefone também – falou Mariela, quase choramingando. – Acho que nossos celulares agora só servem como relógio, câmera, calculadora e lanterna.

– Era só o que me faltava – bufou Isabel. – Ficar sem celular numa hora dessas.

Cecília ficou admirada de ver a mãe de Mariela, sempre tão educada e controlada, perder a paciência daquele jeito. Ela nem queria imaginar como ficaria todo mundo se aquele apagão digital se estendesse por dias.

Embora as mães tivessem evitado que elas se aproximassem muito da colina, Cecília e Mariela haviam andado o suficiente para enxergar, mais adiante, um cenário que elas não tinham conseguido visualizar até então. Mais atrás do homem de polo vermelha, havia um carro espatifado contra um poste, numa das laterais da avenida. Toda a frente do veículo estava destruída, sinal de que a colisão fora bem feia.

Um segundo carro com as duas portas abertas estava parado na outra extremidade da avenida, bem no final do ponto em que ela contornava a colina e se preparava para prosseguir em direção ao bairro do condomínio. Esse era mais pitoresco – um antigo Fiat 147 azul-piscina em muito bom estado. Provavelmente pertencia a algum dos policiais, que teve de descer às pressas assim que soube da explosão.

Mariela reparou na placa. Daquele ângulo, só dava para ver as três letras iniciais: ECA. A menina achou graça.

– Fiat Eca...! Hehehehe.

Cecília virou-se para ela:

– O que você disse?

– Nada não... – Mariela desconversou.

– Minha nossa, Isabel – Juliana quase gritou apontando para o homem de polo vermelha. – Aquele ali não é o Régis Salgado?

Cecília estreitou os olhos para ver melhor. Sim, era mesmo Régis Salgado, o vizinho antipático que morava dois andares acima dela. Mas ali ele parecia frágil e perdido. Juliana e Isabel correram na direção dele, e Cecília e Mariela, sem a escolta das mães, ficaram livres para fazer o mesmo. Salgado tinha um pequeno hematoma na testa, e a forma que segurava o braço esquerdo indicava que ele sentia alguma dor ali. Não era preciso ser um grande detetive para concluir que era ele quem dirigia o carro batido no poste.

As duas se aproximaram o suficiente para ouvir Salgado falar:

– ...foi como eu disse a vocês. Quando cheguei à colina, vi o Fiat parado com o pisca-alerta ligado, mas as portas fechadas. Pensei até que estivesse enguiçado e precisando de ajuda, mas então veio a explosão e ficou tudo escuro. Acordei com o vigia noturno da subestação da colina batendo na minha porta. Aí vi que tinha batido o carro. Ainda bem que eu estava com o cinto de segurança.

– O senhor viu quem estava no Fiat, senhor Salgado?

– Talvez. – Salgado abanou a cabeça, a careca brilhando sob as luzes à volta. Ele parecia confuso. – Não me lembro muito bem.

A impressão era de que alguém tinha descido um instante do carro e que já voltaria. Mas alguém desceria para fazer o que num lugar vazio como este?

– Explodir a colina, por exemplo. – Mariela disse de repente, as palavras escapulindo da sua boca.

Todos ali – Régis Salgado inclusive – voltaram os olhos para ela, aparentemente indignados com a intervenção de uma criança num assunto tão sério. Cecília saiu em defesa da amiga:

– Sim, porque raio não foi. O céu não tem nuvens e não está chovendo. Está na cara que alguém provocou a explosão.

Leôncio colocou as mãos na cintura. Parecia, agora, um daqueles açucareiros com duas alças.

– Não diga, sabichona! Se a pessoa que estava no Fiat provocou a explosão, a senhorita pode nos esclarecer por que o carro ainda está parado ali?

Cecília deu de ombros e foi sincera.

– Sei lá. A pessoa pode ter fugido pelo mato.

– Isso mesmo – Mariela fez coro. – Ela pode ter visto o outro carro se aproximando e ficado com medo de o senhor Salgado testemunhar contra ela.

Leôncio olhava para as duas com ódio. Cecília não sabia se por ter feito papel de bobo ao insistir na tese do "raio" e agora não ter palavras para contradizer duas crianças ou, o que era pior, por estar de alguma forma envolvido na explosão.

Cecília e Mariela não confiavam nem um pouco naquele síndico de uma figa. Ficariam de olho nele.

4. A ÁREA DE SOMBRA

Na manhã seguinte, toda a área ao redor do condomínio seguia sem telefone, televisão e internet, embora o fornecimento de energia elétrica continuasse normal. Apenas algumas estações de rádio podiam ser sintonizadas; mas, na maioria delas, o som saía com muita estática, e praticamente todas só transmitiam notícias ou falavam de futebol.

Na escola, o clima era de desespero. Sem a companhia dos celulares sempre *on-line*, a garotada era obrigada a trocar palavras entre si nos intervalos, o que, para muitos, parecia um sacrifício. Havia os casos extremos de indivíduos que não faziam a menor ideia do que dizer ou para onde olhar. Ao longo da vida haviam dedicado tanta atenção ao mundo virtual e interagido tão pouco com outras pessoas que, agora, não sabiam como agir na vida real.

Mas não eram só os jovens. Cecília ouviu alguns relatos de adultos que precisaram tomar calmante por causa do apagão. Sem internet e TV nas casas, diversas famílias entraram em crise, em algumas delas chegou a haver briga. Para certo número de pessoas, o celular era uma maneira de fugir do cotidiano e não ter de enfrentar a rotina. Era engraçado porque durante séculos a humanidade viveu muito bem sem a tecnologia e, hoje em dia, alguns instantes desconectados já faziam muita gente surtar.

A menos angustiada ali parecia mesmo ser Cecília. Ela tinha aberto o livro que estava lendo na hora do intervalo e, agora, continuava a viagem que estava fazendo pela trama de mistério, que girava em torno de um quadro valioso que fora roubado. Se seus colegas também curtissem literatura, nenhum deles se sentiria tão angustiado por estar sem internet.

Mariela e Bernardo se sentaram ao lado dela. Eles tinham ido comprar lanche.

– Vocês acreditam que até o Zé Túlio falou comigo hoje? – disse Bernardo, abocanhando um pedaço do pão de queijo que havia acabado de comprar. – Esse apagão da internet está fazendo milagres.

Bernardo, ou simplesmente "Bê", era neto de seu Felício, um dos funcionários mais antigos do Quinta do Riacho, e fora criado com elas no condomínio. Hoje, os três eram melhores amigos.

– Quem é Zé Túlio mesmo? – indagou Cecília, achando o nome vagamente familiar.

– Aquele meu colega especialista em tecnologia que não desgruda da internet. O pessoal da minha sala comenta que ele é *hacker*, mas eu não acredito. O fato é que o Zé Túlio quase não abre a boca, não tem amigos e não fala da vida dele. Hoje, pela primeira vez, ele conversou com algumas pessoas. Comigo, inclusive.

– E o que ele falou com você? – perguntou Mariela.

– Ele perguntou se a internet do meu celular tinha voltado.

Cecília fez uma careta de espanto.

– Nossa, Bê. Que conversa profunda, né?

– Com certeza esse foi o assunto dele com todo mundo – disse Mariela, terminando de comer seu sanduíche.

– Mas ele falou mais, e foi isso que me deixou surpreso – completou Bernardo. – Ele explicou que desde ontem estamos morando numa grande "área de sombra".

Mariela se arrepiou toda.

– Cruzes! Que nome tenebroso é esse?

– É o nome que se dá a uma região sem cobertura de celular. Sabe quando a gente está na estrada e, de repente, o sinal de internet some? É porque entramos numa área de sombra.

Cecília ergueu uma sobrancelha.

– Quem diria? Zé Túlio também é cultura.

Ela voltou a mergulhar nas páginas do livro. Vendo o interesse dela, Bernardo perguntou, curioso:

– Que livro é esse, Cecília? Pelo jeito, parece bom.

Cecília olhou para a capa e explicou:

– E é. É uma história policial. Um quadro é roubado de um museu e todo mundo é suspeito.

– E quem roubou o quadro, afinal?

– Não terminei o livro ainda. Só vou saber nas últimas páginas.

– Bem que podia ser um livro sobre quem colocou uma bomba na Colina das Torres e transformou o condomínio numa... ai, meu Deus, só de pensar nesse nome já me dá medo... numa área de sombra – disse Mariela, que continuava inconformada por estar *offline*. – Sabem que essa noite eu sonhei que tinha capturado o terrorista antes de ele explodir a bomba?

– Jura? – Bernardo arregalou os olhos. – E era um terrorista mesmo?

– Quem explode bombas é terrorista, então é claro que era um terrorista. Eu estava andando de bicicleta na Colina das Torres e vi um vulto coberto com uma capa escura descendo daquele Fiat Eca.

Cecília franziu a testa:

– "Fiat Eca"...?

– É. Aquele Fiat antigão que estava abandonado ontem, ao lado da colina. Eu não sei o nome do carro, só me lembro que a placa começava por "ECA".

Cecília se lembrava do carro, mas realmente não tinha reparado na placa.

Mariela continuou:

– Bom, eu vi o vulto pulando a cerca e correndo na direção das torres. Aí acelerei e, quando cheguei perto da cerca, dei uma empinada com a bicicleta assim – Mariela fechou as mãos na altura dos olhos e inclinou o corpo para trás. – Passei pela cerca e fui atrás do sujeito.

– Mas como é que você passou com a bicicleta pela cerca? – quis saber Cecília – Ela é alta. Você teria que escalar a cerca carregando a bicicleta nas costas.

– Cecília, será que você não percebeu que eu estou contando um sonho? Num sonho pode tudo.

– E você conseguiu pegar o terrorista? – perguntou Bernardo.

– Olha, eu corri muito dentro daquela colina. Fui passando com a minha bicicleta por entre aquelas torres enormes e vi o vulto abrir uma daquelas maletas fechadas com segredo. Dentro dela tinha uma bomba-relógio.

Cecília e Bernardo ouviam interessadíssimos o relato.

– O vulto colocou a maleta no meio da colina, bem ali no meinho, perto de um monte de torres, e fugiu. Eu fiquei sem saber se ia atrás dele ou se desarmava a bomba.

Mariela fechou a cara e parou de falar de repente.

– O que você fez? – indagou Cecília.

– Nada. No que eu ia decidir, minha mãe me acordou para eu vir para a escola. E o pior é que nem deu para ver quem era o vulto da capa preta.

Cecília estava pensativa.

– Sabe que esse sonho me deu uma ideia?

Bernardo revirou os olhos.

– Iiiihhh! Lá vem a detetive com suas ideias malucas...

– Estou falando sério. Tem alguma coisa errada com essa

explosão. Se tivesse sido um defeito nas antenas ou na subestação de energia, os telefones e a internet ficariam fora do ar por umas quatro horas, no máximo, e não todo esse tempo. E tem outra coisa. Ontem, o síndico insistiu porque insistiu que a explosão tinha sido provocada por um relâmpago. Isso numa noite de céu sem nuvem nenhuma.

– Ele fica o dia todo trancafiado no escritório – arriscou Bernardo. – Vai ver achou mesmo que estava chovendo...

– Ele falou isso do lado de fora da Casa Velha. Qualquer pessoa que não fosse cega veria que o céu estava bem limpo.

– Eu também achei estranho – concordou Mariela. – Aliás, tudo que vem do Leôncio é estranhíssimo. Não duvido que ele seja o vulto da capa preta.

– Mas por que o Leôncio iria explodir as torres? Duvido que ele desejasse ficar sem internet.

– Pessoal, eu não estou dizendo que é culpa do Leôncio – disse Cecília. – Aliás, eu nem sei se realmente a explosão foi provocada por alguém. Só acho que tem alguma coisa fora do lugar nessa história. Tipo entrar em casa e encontrar as panelas guardadas no armário do banheiro. Pode ser que não seja nada demais, mas pode ser o primeiro sinal de que há algo de muito esquisito acontecendo...

– Só não entendi uma coisa – interrompeu Mariela. – Qual foi a ideia que o meu sonho te deu?

– Ah, sim. Acho que nós podíamos hoje à tarde dar um pulo na Colina das Torres para tentar descobrir alguma coisa. E, assim como a Mariela fez no sonho, a gente vai de bicicleta.

5. A CRÍTICA DE ARTE

Juliana não simpatizou muito com a ideia de deixar a filha sair por aí de bicicleta. Ainda mais porque estavam sem celular e Cecília não teria como avisá-la, caso acontecesse alguma coisa.

Já sabendo que seria difícil, Cecília repetiu com perfeição a fala que preparara horas antes para a ocasião. Disse para a mãe que, com a pane da internet e da televisão, não teria muito o que fazer dentro de casa (como se Juliana não soubesse que Cecília preferia mil vezes os livros ao celular), e que ela mesma vivia insistindo para a filha sair mais, se divertir, fazer atividades ao ar livre, praticar esportes etc. O discurso de Cecília sensibilizou Juliana. Ela ficou, num primeiro momento, pensativa, mas depois acabou cedendo.

– Tudo bem, querida. Continuo achando o pedido esquisito, mas vou te dar um voto de confiança. Só que com algumas condições: a primeira é que você esteja de volta até às cinco da tarde. Nem um minuto a mais, estamos entendidas?

Cecília fez que sim. Tinha opção?

– E tem mais. Se não quer que eu vá junto, vai ter que me dizer exatamente onde você vai estar.

– Vou com a Mariela passear na margem do riacho.

O riacho ficava nos fundos do condomínio e era um lugar para onde Juliana dificilmente iria. Mentir era feio, mas aquela era uma mentira necessária, pois se Cecília dissesse que iria até a Colina das Torres, Juliana seria capaz de trancá-la no armário do quarto e engolir a chave.

– Então não saia de lá. Em hipótese alguma. Só quando for voltar para casa – Juliana encarou Cecília por mais alguns instantes e, por fim, falou: – Agora pode ir.

Era visível a preocupação de Juliana em deixar Cecília sair sozinha. Comovida, Cecília prometeu a si mesma voltar antes do horário para não deixar a mãe ainda mais nervosa.

Ela desceu até a garagem e logo depois pedalava sua bicicleta pelas alamedas desertas do condomínio. O ponto de encontro marcado era no arbusto em frente à Casa Velha, mas nem Mariela nem Bernardo haviam chegado ainda.

Dois cartazes vistosos ladeavam a entrada principal da Casa Velha. Eles não estavam ali ontem, quando Leôncio fizera aquele pronunciamento bizarro dizendo que um raio causara a explosão na Colina das Torres. Cecília encostou a bicicleta num poste e, para matar o tempo enquanto aguardava a chegada dos amigos, foi dar uma olhada.

Os cartazes anunciavam a realização, amanhã à noite, do Grande Leilão da Casa Arjona de Artes. As obras a serem vendidas estariam, a partir do fim daquela tarde, expostas no Salão Nobre da Casa Velha e haveria uma recepção à noite. Era praxe, nos leilões, as peças ficarem expostas alguns dias antes para que os interessados pudessem ter acesso a elas, analisá-las e decidir se valia a pena dar um lance.

O leilão seria comandado pelo leiloeiro Edézio Crisóstomo Arjona, morador do condomínio e dono da Casa Arjona de Artes. Cecília simpatizava bastante com ele. E haveria obras de arte expostas. Seria um programa interessante para fazer. Mais tarde, comentaria com a mãe. Juliana, é claro, toparia ir na hora. Ela adorava eventos sociais.

Cecília olhou ao redor. Nada ainda de Mariela e Bernardo. Reparou que no saguão de entrada da Casa Velha havia outros cartazes e, como os seguranças de plantão não tentaram impedi-la, resolveu entrar.

Uma mulher observava atentamente o cartaz mais afastado da entrada. Ela era alta, esbelta, e sua pele escura reluzia de tão bem tratada. Vestia um elegante terninho cor de marfim e os cabelos crespos e fartos estavam muito bem arrumados para trás com o auxílio de uma faixa azul e branca acima da testa. Cecília aproximou-se e leu o título do cartaz: *Capivari*.

– Oh! - exclamou a mulher ao notar a presença de Cecília. - Então temos aqui uma jovem interessada em arte!

Cecília ficou meio tímida diante daquela mulher chique que parecia ser tão importante. Não soube o que dizer a ela.

– Como você se chama? - perguntou a mulher, amavelmente. Ela era bem simpática.

– Cecília.

– Prazer, Cecília - a mulher lhe estendeu a mão. - Sou Teodora Carneiro. *Marchande* e crítica de arte.

– *Marchande*...?

– *Marchande* é como são chamadas as mulheres que negociam obras de arte - explicou Teodora, como se tivesse lido os pensamentos de Cecília. - O masculino é *marchand*. A palavra vem do francês e significa "mercador".

– Ah...

– Você gosta de arte, Cecília?

Claro. Quem não gosta?

– Bastante - ela respondeu, enfim.

– Então deve estar tão surpresa quanto eu com esse leilão.

Mais uma vez, Cecília não soube o que responder.

Teodora a olhava com um sorriso no rosto, como se esperasse uma resposta. Cecília criou coragem e disse a primeira coisa que lhe veio à cabeça:

– Eu conheço o doutor Edézio. Ele mora no prédio ao lado do meu.

– Oh, uma amiga do leiloeiro...! - Teodora contraiu os lábios, parecendo impressionada. - E ele é um bom vizinho?

– Sim, muito. É um homem educado e muito legal.

– Sem dúvida – concordou Teodora. – E muito importante também. Pois só um leiloeiro muito importante é capaz de anunciar a venda de uma obra inédita de Tarsila do Amaral.

O nome lhe soava familiar. *Tarsila do Amaral*... Onde Cecília tinha visto esse nome? Ela forçou a memória e, então, lembrou-se: Tarsila era citada no livro policial que estava lendo. Ela havia pintado um quadro muito famoso e importante chamado *Abaporu*. Era um dos nomes mais importantes das artes no Brasil e de um movimento artístico-cultural chamado Modernismo, iniciado na Semana de Arte Moderna de São Paulo, em 1922.

– Tarsila morreu há muitos anos, em 1973 – disse Teodora. – Recentemente, descobriram uma pintura dela, até então desconhecida. Segundo o leiloeiro Edézio Arjona, esse teria sido o último trabalho de Tarsila, em que ela homenageia sua cidade natal: Capivari.

Era o nome que aparecia no topo do cartaz.

– É um quadro valioso? – perguntou Cecília.

– Muito mais do que você imagina. Seu vizinho leiloeiro vai ganhar tanto, mas tanto dinheiro com a comissão dessa venda que poderá parar de trabalhar e viver como um rei pelo resto da vida. Sinceramente, estou com uma grande expectativa para esse leilão.

Cecília pensou em perguntar por que, mas olhou para o lado e notou que Mariela e Bernardo tinham acabado de chegar. Era hora de ir.

6. RACIONAL, O FUGITIVO

Poucos veículos trafegavam pela Avenida Itaguapé quando Cecília, Mariela e Bernardo saíram pelos portões do condomínio e seguiram de bicicleta rumo à Colina das Torres, situada a 600 metros de distância. Entre cinco e oito minutos de pedalada eram suficientes para alcançar a grande bifurcação, atrás da qual se erguia uma alta cerca de tela que rodeava um terreno amplo, verde, que abrigava uma infinidade de torres metálicas interligadas por linhas de alta tensão. Num certo ponto, o terreno plano se elevava, transformando-se numa colina, e, dali em diante, as torres prosseguiam enfileiradas até uma estação distante, conectada à usina em que a energia era gerada.

As torres de transmissão elétrica eram em número muito maior do que as antenas de telecomunicações. Todas, no entanto, foram agrupadas no mesmo local pela Prefeitura. Parecia uma informação importante e, enquanto olhava para as torres, Cecília ficou se perguntando no que seria útil.

Os três pedalaram até a entrada principal da colina. Apesar da explosão, não havia, estranhamente, nenhum policial fazendo a segurança do complexo.

– Nossa! – exclamou Mariela, arrepiada. – Será que o Leôncio convenceu a polícia de que a explosão foi mesmo provocada por um relâmpago?

– A internet já foi para o brejo – disse Bernardo, sacudindo os ombros. – Adianta alguma coisa colocar um cadeado na porta depois que o ladrão fez a limpa na casa e deu o fora?

Cecília notou a campainha ao lado do portão. Ergueu a mão para apertá-la.

– Deve ter alguém aí.

Mariela correu os olhos ao redor. Estava tudo assustadoramente vazio.

– Acho que a gente devia é voltar para o condomínio. Estou ficando com medo.

– Medo de quê? – perguntou Bernardo.

– Sei lá. Um bandido, um... terrorista pode sair do meio de alguma dessas árvores e vir atrás da gente. Pelo menos não é noite.

– Não é ainda, mas daqui a pouco vai ser – implicou Bernardo.

– Credo, Bê! Você quer o quê? Que eu tenha um colapso de tanto medo?

– Vocês às vezes perdem tanto tempo falando bobagem – disse Cecília apertando de novo a campainha. – Ninguém vem atacar a gente. Pelo menos, não enquanto nenhum de nós três tiver informações importantes sobre a explosão.

– Você acha mesmo que alguém causou aquilo? – perguntou Bernardo.

– Acho. Mas ainda não tenho certeza. Por isso viemos aqui. Para investigar.

Cecília já ia pressionar a campainha mais uma vez quando, finalmente, uma boa alma se dignou a aparecer. Era um homem baixo, de bigode e meio mal-encarado. Vestia uma calça *jeans* e uma camisa azul que, de longe, parecia um uniforme. Ele trazia um molho de chaves na mão, mas não abriu o portão.

– O que vocês querem aqui? – ele perguntou secamente, como se tivesse acabado de flagrar os três tentando roubar alguma coisa.

Cecília respondeu:

– A gente mora aqui perto, no Quinta do Riacho.

O homem não se moveu.

– Estamos sem internet desde ontem, quando aconteceu uma explosão aqui. Queremos saber o que houve.

– Está nos jornais.

– A gente não leu os jornais hoje – falou Mariela. – Temos assinatura digital e, sem internet, fica difícil, né?

– E se está nos jornais é porque é público – completou Bernardo. – E se é público, o senhor pode contar para a gente, certo?

O homem ficou olhando para os três em silêncio. Ele tinha uma cara de marinheiro mal-humorado. Só faltava o cachimbo no canto da boca e o caxangá.

Passados alguns instantes, ele deve ter se dado conta de que não haveria problema em se abrir com três crianças e enfiou uma das chaves do molho barulhento na fechadura do portão.

– Entrem. Vou mostrar uma coisa a vocês.

Cecília, Mariela e Bernardo seguiram o homem pelo terreno da subestação. Ele ia falando:

– Eu me chamo Almir e trabalho aqui desde que a Colina das Torres foi inaugurada, faz muitos anos. Nesse tempo, nunca vi nada parecido com o que aconteceu ontem.

– Um raio cair na colina? – perguntou Cecília.

Almir arregalou os olhos para ela.

– Raio? Não caiu nenhum raio aqui, menina.

– Só estou repetindo o que o síndico do nosso condomínio falou.

– Se ele falou isso, é um idiota. Ou, então, estava tentando enganar vocês. Desde setembro que não chove por estas bandas. Mas eu entendo. Moro num prédio do outro lado da cidade e a síndica lá também não é flor que se cheire.

– Mas, se não foi um raio, foi o quê?

– Vocês vão ver com seus próprios olhos e me dizer.

Eles subiram a colina até um ponto em que se descortinava uma vista deslumbrante das fileiras de torres, que seguiam por uma estrada verde até onde os olhos alcançavam. Era ali, no que parecia ser o topo da colina, que haviam sido instaladas as antenas de transmissão de telecomunicações. O cenário era desolador. Uma quantidade impressionante de ferro retorcido, equipamentos destruídos, relva incinerada e destroços de todo tipo ocupava a paisagem. Ao contrário do entorno deserto da colina, havia, ali, muitos homens trabalhando, auxiliados por equipamentos. Todos empenhados em reerguer as antenas e restabelecer a comunicação na região o quanto antes.

Mas o que deixou Cecília, Mariela e Bernardo mais impressionados foi a cratera aberta no solo, bem abaixo dos escombros. Se alguém dissesse que um meteoro tinha causado aquilo, Cecília acreditaria imediatamente.

– Uma bomba foi colocada aqui – disse Almir. – Não sei quem colocou nem como ela foi detonada. Mas o fato é que alguém quis causar tudo isso.

– O senhor tem certeza? – indagou Bernardo.

– Peritos da polícia estiveram aqui por horas, examinaram tudo, e eles não só têm certeza como têm provas de que era uma bomba.

– Mas quem faria isso? – perguntou Mariela.

Almir deu de ombros.

– Não faço ideia. Mas algum motivo houve. Eu ouvi hoje cedo alguns policiais que estavam aqui comentando que um Fiat 147 transportava um bandido procurado, conhecido como Racional. Tentei escutar mais, mas os policiais perceberam a minha presença e se calaram. Quando a polícia chegou ontem, depois da explosão, o Fiat estava vazio aqui na frente. Não dá para afirmar que a fuga do tal Racional e a explosão estejam ligadas, mas é muita coincidência as duas coisas terem acontecido na mesma hora.

7. CONVITE INESPERADO

Agora que sabia que a explosão fora provocada por uma pessoa, Cecília se perguntava: Por que um bandido em fuga se daria ao trabalho de entrar na colina, detonar uma bomba no seu ponto mais alto e desaparecer em seguida?

Havia outras perguntas: Quem era esse bandido chamado Racional? Que crimes cometeu? Como a polícia sabia que ele estava naquele Fiat? Ele estava fugindo de onde para onde?

Ainda eram 16 horas quando Cecília, Mariela e Bernardo entraram no condomínio de volta da Colina das Torres. Faltava uma hora, portanto, para Cecília se apresentar a Juliana em casa, e isso dava tempo a eles de papear um pouco mais. Rumaram, então, para a Casa Nova, uma mistura de lanchonete, mercado e farmácia em que os moradores lanchavam e faziam compras de primeira necessidade sem precisar sair do condomínio. A Casa Nova fora erguida depois que o condomínio já havia sido inaugurado e tinha esse nome para se contrapor à Casa Velha, onde funcionava a administração do Quinta do Riacho, uma construção histórica bastante antiga.

Cecília, Mariela e Bernardo entraram na lanchonete e se sentaram em uma mesa na varanda. Não havia mais ninguém ali. A Casa Nova era um lugar bonito e bem cuidado. A proprietária, Márcia Maria, por sua vez, era sempre seca com todo mundo. Foi ela quem veio atendê-los e foi logo avisando:

– Antes de vocês pedirem alguma coisa, preciso dizer que só estamos aceitando hoje pagamento em dinheiro. Sem internet e telefonia, as máquinas de cartão não funcionam.

– Boa tarde, Márcia – disse Cecília, irônica.

Márcia Maria grunhiu alguma coisa em resposta. Tratando os clientes daquele jeito, dava para entender por que a lanchonete vivia vazia.

– A gente não usa cartão – respondeu Mariela.

– Foi o que eu imaginei – disse Márcia Maria. – O que vão querer?

Os três pediram sucos e Márcia foi providenciar. Cecília disse:

– Vamos raciocinar: um bandido chamado Racional está fugindo e o carro dele passa em frente à Colina das Torres no momento que uma bomba é detonada lá dentro – ela faz uma pausa. – Por quê?

– E você pergunta para mim? – Bernardo se sobressaltou. – Como é que eu vou saber?

– Não estou querendo que você me dê a resposta agora, Bê – bufou Cecília. – É só para a gente pensar junto e tentar encontrar um caminho para a investigação.

–Vai ser um caminho meio esburacado – disse Mariela, desanimada. – Para início de conversa, como é que o bandido desceu do Fiat Eca, entrou na Colina das Torres, colocou a bomba lá e fez ela explodir sem ser visto por ninguém?

– Isso, pelo menos, explica o fato de o carro estar abandonado – disse Bernardo. – O Racional desceu para detonar a bomba e depois fugiu para outro lugar.

– Mas o Régis Salgado disse que, quando passou de carro ali, as portas do Fiat Eca ainda estavam fechadas – ponderou Cecília, adotando de vez o termo "Fiat Eca" criado por Mariela.

– Régis Salgado é um traste mal-educado – disse Mariela, que não ia com a cara do vizinho de Cecília. – O que aquele sujeitinho azedo fala não se escreve.

– Concordo – disse Cecília. – Mas, por mais antipático que ele seja, duvido que mentiria para a polícia.

– Peraí – o rosto de Bernardo se iluminou. – Vocês pararam para pensar que o Régis Salgado pode estar envolvido na explosão? Afinal, ele estava passando pela Colina quando tudo aconteceu.

Naquele momento, Márcia Maria voltou com os sucos. Goiaba para Mariela e laranja para Cecília e Bernardo. Mariela esperou que ela se afastasse para retrucar:

– Isso não quer dizer nada. Muitos moradores do condomínio passam por ali todos os dias.

– Não duvido que o Salgado fosse capaz de explodir até o condomínio inteiro – falou Cecília. – Mas você está se esquecendo de um detalhe: ele estava bem ferido e com o carro todo destruído. Não teria sido mais lógico ele fugir junto com o Racional?

– Isso se ele próprio não for o Racional – ponderou Mariela. – Jeito de bandido ele tem.

– Não acredito nisso – disse Cecília, tomando um longo gole do suco. – Não combina com o Salgado.

– Está defendendo seu vizinho querido? – provocou Bernardo.

– Não, Bê – retrucou Cecília. – Não vou com a cara da família Salgado e nenhum deles gosta de mim, se você quer saber. Só acho que ele e o Racional não são a mesma pessoa.

Mariela bebeu todo seu suco e suspirou:

– Voltamos, então, à estaca zero. Ai, que desânimo!

– Nós nem saímos da estaca zero ainda, Mariela – disse Cecília. – E eu não disse que o Salgado é inocente. Só acho que ele teria que ter um motivo muito forte para causar aquela explosão, pois ele próprio foi uma das vítimas. Perdeu um carro e quase a vida.

– E não podemos nos esquecer do Leôncio, com aquele papo-furado de raio – disse Mariela. – Ele continua suspeito. Aliás, suspeitíssimo.

Naquele momento, viram duas pessoas entrando na lanchonete. O leiloeiro Edézio Crisóstomo Arjona, vestindo um terno escuro com gravata combinando com o lenço vermelho, vinha acompanhado de uma mulher robusta, de cabelos vermelho-fogo presos num coque e usando um conjunto de blusa de seda e calça comprida. Seria a mulher dele?

Edézio notou a presença dos três e foi falar com eles:

– Boa tarde, garotada. Fazendo um lanchinho de fim de tarde?

Ele era mesmo muito boa gente.

– É, de vez em quando a gente vem aqui – respondeu Cecília, sem encontrar nada melhor para falar.

Edézio fez sinal para sua acompanhante se aproximar.

– Deixe-me apresentar minha amiga Carolina Moraes Correia. Uma das maiores colecionadoras de arte do país.

Carolina deu alguns passos adiante e acenou discretamente com a cabeça para os três, que retribuíram.

– Carolina, esses jovens são meus vizinhos.

– Prazer em conhecê-los – ela disse, com um sorriso contido.

– Carolina é proprietária do *Capivari*, um quadro de Tarsila do Amaral que vou leiloar amanhã. Tarsila é um dos maiores nomes da pintura no Brasil de todos os tempos, e esse quadro é uma preciosidade, além de belíssimo.

Cecília lembrou-se do quadro *Capivari* num dos cartazes na entrada da Casa Velha e percebeu que Carolina parecia contrariada. Com certeza estava precisando de dinheiro. Ninguém se desfaz de um quadro tão importante à toa.

Edézio continuou falando, cada vez mais entusiasmado:

– Vocês gostariam de participar do leilão?

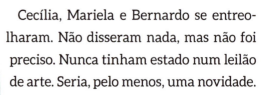

Cecília, Mariela e Bernardo se entreolharam. Não disseram nada, mas não foi preciso. Nunca tinham estado num leilão de arte. Seria, pelo menos, uma novidade.

– Temos que falar com nossos pais, então...

– Viva! – exclamou Edézio, abrindo os braços. – Que bom que vocês aceitaram. O convite vale também para a recepção que oferecerei hoje à noite na Casa Velha. Nem precisam jantar, pois lá haverá comida à vontade.

Por essa nenhum dos três esperava. Esqueceram-se momentaneamente do apagão da internet, da explosão na colina, do Fiat Eca, de Leôncio, Racional e Régis Salgado.

– Começa às 19 horas – concluiu Edézio, antes de se afastar com Carolina para uma mesa. – Preparem-se para ver muitos quadros bonitos.

8. INCIDENTE NA FESTA

Não foi difícil convencer Juliana a ir ao coquetel. O apagão da internet a deixara profundamente entediada. Um evento social quebraria um pouco aquela rotina.

Para Cecília, era uma oportunidade de parar de pensar um pouco no atentado na colina. Desde a conversa com Almir, sua cabeça tinha dado mil voltas em torno do caso, sem enxergar nenhuma pista concreta para seguir com a investigação. Estava tudo ainda muito confuso.

Ela escolheu um vestido da sua cor preferida – um tom entre abóbora e vermelho, cujo código era #e25d1b. Nas vezes em que alguém insistia muito para Cecília defini-la, ela ditava essa sequência de caracteres e mudava de assunto no segundo seguinte.

Pela primeira vez em meses, Juliana entrou no quarto, ficou papeando com a filha sobre o leilão e ajudando Cecília a se arrumar. Naturalmente, ela detestou a opção do vestido #e25d1b, mas Cecília bateu pé e acabou sendo ele mesmo o escolhido.

Cecília ficou se perguntando por que Juliana estava tão falante e calorosa, mas a resposta era óbvia: sem internet, ela não tinha o celular para concentrar sua atenção. A menina começava a simpatizar com o terrorista da Colina das Torres. Sem pensar, ele tinha feito uma coisa boa ao silenciar os celulares de todo mundo. Viva a área de sombra!

Cecília só esperava que a mãe não resolvesse acompanhá-la o tempo todo, pois aí seria impossível prosseguir com a investigação.

Elas saíram a pé do prédio rumo à Casa Velha. Muitos moradores do Quinta do Riacho tinham feito o mesmo. Apenas alguns mais preguiçosos optaram por ir de carro. Havia, é claro, muitas pessoas de fora do condomínio. Gente endinheirada, usando roupas de marca e desembarcando de carros vistosos. Obras de arte custavam caro, e Cecília lembrou-se de que precisava se controlar para não fazer nenhum gesto brusco durante o leilão para não arrematar sem querer uma peça que poderia custar mais do que o apartamento onde morava.

Edézio Arjona recebia todo mundo na entrada com um sorriso exagerado no rosto. Os convidados eram conduzidos ao Salão Nobre, no térreo da Casa Velha, onde as obras que seriam leiloadas estavam expostas, com destaque para o quadro *Capivari*, de Tarsila do Amaral, que ocupava o centro do salão.

Comentava-se que jornalistas de todo o país, ávidos por fotografar a Tarsila inédita, haviam sido barrados por ordens de Leôncio e acotovelavam-se naquele momento do lado de fora do condomínio.

Quando Cecília conseguiu chegar perto do *Capivari*, encontrou Mariela, que não desgrudava os olhos da pintura.

– Nossa... – Mariela disse. – Nunca tinha visto um quadro tão caro assim de perto...

Capivari mostrava um sol redondo e bem amarelo iluminando uma paisagem de céu azul, montanhas verdes e casas brancas com telhados vermelhos, rodeadas por palmeiras altas, bananeiras, um cacto e um mamoeiro. Era uma pintura bem colorida e media, segundo a descrição impressa numa plaquinha ao lado, 85 centímetros de altura por 72 de largura.

– As mesmas dimensões do *Abaporu*.

A voz viera de trás. Cecília e Mariela se viraram e deram de cara com Teodora Carneiro, a *marchande* e crítica de arte.

– *Abaporu* é a pintura mais famosa de Tarsila do Amaral – explicou Teodora.

Cecília apresentou Mariela e Teodora. A *marchande* estava muito bonita com um vestido azul-claro e um laço grafite emoldurando os cabelos. Ela perguntou:

– Não vão comer nada? O coquetel está muito gostoso.

– Daqui a pouco – respondeu Cecília. – A gente quer ver as peças primeiro.

– Aproveitem a festa – sorriu Teodora se afastando.

Cecília deu uma última e demorada olhada no *Capivari* e foi caminhando com Mariela pelo salão. Viram Juliana e Isabel conversando num canto. As duas sem celular nas mãos. Um verdadeiro milagre.

– Cadê o Bê? – indagou Mariela.

– Ele está sempre atrasado – falou Cecília. – Deve chegar daqui a pouco.

Um garçom que circulava entre os convidados abaixou a bandeja para elas:

– Aceitam suco? – ele perguntou com simpatia. – Refrigerante? Água?

– É suco de quê? – perguntou Mariela.

– Abacaxi com hortelã e laranja com manjericão.

Cecília apanhou um copo de laranja com manjericão e Mariela fez o mesmo.

– O bufê fica lá atrás – o garçom apontou para o fundo do salão. Ele tinha uma aparência *hipster*, com uma barba grossa de lenhador e um coque samurai. – Olha, se vocês quiserem comer, sugiro que não demorem muito, porque o pessoal está atacando a comida pra valer. Uma hora ela acaba.

Cecília e Mariela acharam graça.

– A gente já vai. Obrigada pela dica – disse Cecília.

O garçom *hipster* foi servir outro grupo de pessoas, e foi então que Bernardo apareceu, acompanhado do avô, seu Felício.

– Isso são horas, Bê? – ralhou Mariela.

– A culpa foi minha, meninas – desculpou-se seu Felício. – Estava acabando um serviço e pedi que o Bernardo me esperasse.

Cecília já ia perguntar por que Bernardo não mandou um recado pelo celular avisando, mas se lembrou no segundo seguinte que estavam numa área de sombra.

– A festa está boa, hein? – admirou-se Bernardo. – Só espero que não esteja sendo paga com o dinheiro da taxa de condomínio.

– Esse leilão está marcado há muito tempo? – indagou Cecília. – Só reparei nos cartazes aqui na Casa Velha hoje.

– Ele ia acontecer no Hotel Plaza – explicou seu Felício. – Mas o doutor Edézio, o leiloeiro, ficou com medo de transportar as obras de arte pelas ruas, já que as câmeras da cidade pararam de funcionar depois do apagão. Como esses quadros estavam no apartamento dele aqui no condomínio, ele achou mais seguro alugar o Salão Nobre e transferir o leilão para cá.

Viram Régis Salgado e sua mulher, Ilma, entrando no salão. Ao ver Cecília, eles desviaram disfarçadamente o rosto. Tudo para não ter de falar com ela.

– Casalzinho mais antipático – resmungou Mariela, que assistiu à cena. – Quem tem vizinhos assim, não precisa de inimigos.

Cecília deu de ombros.

– Eles agem desse jeito com todo mundo. Não ligue.

Bernardo fez coro com Mariela:

– Dá vontade de jogar neles toda a culpa pela explosão na colina só por causa dessa falta de educação, não dá?

Cecília mudou de assunto:

– Por falar em culpa e falta de educação, vocês repararam que o Leôncio não está na festa?

Mariela levou as mãos ao rosto, horrorizada:

– Tem certeza?

– Andei por todo o salão e não vi nem sombra dele. O Gonçalves também não apareceu.

– As salas deles ficam aqui em cima – comentou Bernardo. – Estranho eles não descerem nem para dar um alô para o doutor Edézio.

– Será que aí tem coisa? – especulou Mariela.

Mas Cecília havia voltado a reparar em Régis Salgado, desta vez por outra razão. O homem tinha ficado repentinamente pálido. Até Ilma Salgado percebeu. Tanto que, naquele momento, ela estava cutucando o marido, sem sucesso.

– Salgado! – chamou ela. – Você está bem?

Régis Salgado mantinha os olhos esbugalhados fixos no fundo do salão, onde estava montado o bufê. Ele se desvencilhou da mulher e foi caminhando para lá, sem dizer nada.

Parece que tinha visto alguma coisa perturbadora.

Cecília chamou os amigos:

– Venham comigo.

Mas mal deram o primeiro passo, Juliana e Isabel apareceram e puxaram as filhas pelo braço.

– Vocês já falaram com a dona Aurélia? – perguntou Juliana.

– Ela está bem aqui, quase ao lado de vocês – disse Isabel. – Que absurdo vocês não darem um mísero boa-noite para a diretora da escola.

– Toda a educação que eu te dei não serviu pra nada, Cecília? Onde já se viu tamanha falta de modos?

Os olhos aflitos de Cecília encontraram os de Bernardo. Ela fez um movimento com a cabeça em direção aos fundos do salão e gritou ao amigo:

– Vai atrás do Salgado. Depressa!

Seu Felício estava de costas conversando com um dos vigias da Casa Velha, que era cunhado de uma sobrinha dele. Bernardo se meteu no meio da multidão, que ia ficando mais compacta à medida que se aproximavam do bufê. Salgado não estava mais à vista.

Cecília e Mariela conversaram rapidamente com dona Aurélia, que, sorridente, perguntou se elas estavam gostando do evento e disse que era uma excelente oportunidade para elas começarem a se interessar por arte. Foram poucos minutos, mas pareceram uma tarde inteira. Quando conseguiram se desvencilhar, as duas correram para o fundo do salão. Encontraram Bernardo perdido, quase espremido por dezenas de pessoas.

– Cadê o Salgado? – indagou Mariela, aflita.

– Não sei – respondeu Bernardo. – Quando cheguei aqui, ele já não estava.

– Mas ele veio para cá – falou Cecília. – Ele parecia ter visto alguma coisa muito assustadora, pois a cara que fez chegou a me dar medo.

– Acha que o que ele viu tem a ver com o atentado na colina? – Mariela perguntou.

– Só pode ter.

Eles vasculharam toda aquela parte do salão, sem sucesso. Retornaram, então, para o local em que estavam antes, mas encontraram Ilma Salgado sozinha e ainda mais aflita do que antes.

Cecília agora não tinha mais nenhuma dúvida de que algo importante estava acontecendo naquela festa.

Ela puxou os dois amigos de volta para o fundo do salão. Se Salgado não tinha voltado para perto da mulher, ele só podia estar lá.

– Olhem! – Mariela disse, apontando para uma porta discreta à direita.

O acesso aos banheiros masculino e feminino.

Os três correram para lá e quase entalaram ao tentar passar ao mesmo tempo pelo batente. De todo modo, não precisariam mesmo ir mais adiante. Régis Salgado estava caído no chão do corredor que levava aos banheiros.

Mariela e Bernardo correram para pedir socorro, enquanto Cecília conferia a respiração de Salgado. Estava vivo. Sua careca sangrava. Alguém batera nela com força.

O que será que ele tinha visto?

9. O ATENTADO E O LEILÃO

Régis Salgado foi socorrido na hora. Felizmente, havia um médico na recepção que deu a ele o primeiro atendimento. Dois garçons, incluindo o barbudo *hipster*, ajudaram. Ausente da festa até aquele momento, Leôncio apareceu e se ofereceu para levar Salgado para o hospital mais próximo. Como estavam sem telefone, não havia como chamar uma ambulância.

Salgado foi retirado da Casa Velha e Edézio Crisóstomo Arjona decidiu encerrar o coquetel. Com cordialidade, ele falou brevemente aos presentes, pediu desculpas pelos transtornos e disse que aguardava todo mundo no leilão da noite de amanhã.

No início da tarde seguinte, depois de saírem da escola, Cecília, Mariela e Bernardo souberam que Salgado continuava no hospital, em observação, mas fora de perigo. A pancada na cabeça fora forte e por pouco ele não perdera a vida. Como as câmeras do condomínio, incluindo as da Casa Velha, não estavam funcionando – todas elas dependiam da internet para transmitir imagens –, não havia como saber quem tinha entrado no acesso aos banheiros logo depois dele. Praticamente todo mundo estava no fundo do Salão Nobre por causa do bufê, e qualquer uma daquelas pessoas poderia ser a culpada.

– Resta o Leôncio – comentou Mariela, baixinho. – Ele só deu as caras na festa depois que o Salgado foi atacado. Não duvido que ele estivesse de tocaia atrás daquela porta.

Ela e os dois amigos tinham se sentado no banco dos fundos do ônibus escolar e conversavam baixinho para os colegas não escutarem.

– Mesmo que a internet estivesse funcionando – Bernardo fez coro –, ele podia mandar o Gonçalves desligar as câmeras internas da Casa Velha para agir mais à vontade.

– Eu não sei... – a cabeça de Cecília estava longe, viajando entre a Colina das Torres e a caríssima obra de Tarsila do Amaral.

O ônibus sacolejava pelas pistas maltratadas da Avenida Itaguapé. Já tinha passado da hora de a Prefeitura cobri-la com um asfalto novo.

– No que está pensando? – perguntou Mariela.

– No leilão. Muitas obras de arte caras vão ser vendidas.

– E daí? – perguntou Bernardo.

– É muita coincidência o leilão de arte acontecer na mesma semana do atentado.

– Acha que a bomba foi colocada na colina por causa do leilão? – Mariela arregalou os olhos de tal maneira que Cecília pensou que eles seriam ejetados para a frente.

– Quer saber? Acho.

Bernardo e Mariela se entreolharam, confusos.

– A explosão aconteceu anteontem, e ontem as obras estavam todas lá – argumentou Bernardo. – Se alguma tivesse sumido, o doutor Edézio já teria dado pela falta e a gente ficaria sabendo.

– É – concordou Mariela. – E se o plano era roubar algum quadro, não esperariam tanto tempo. A internet pode ser religada a qualquer momento.

Cecília também tinha se feito essa pergunta.

– Eu não tenho certeza de nada. Tudo, por enquanto, não passa de palpite. Mas o Régis Salgado viu alguma coisa lá na festa e, por causa disso, quase perdeu a vida. Mesmo que o atentado na Colina não tenha nada a ver com o leilão, precisamos eliminar essa possibilidade.

– E o que a gente deve fazer? – perguntou Bernardo.

O ônibus embicou na entrada do condomínio. De dentro da cabine, o segurança acenou para o motorista e levantou a cancela. Cecília deu uma olhada demorada para a cabine, pensou um pouco e, por fim, respondeu:

– Aquele carro que estava abandonado perto da colina...

– Sim, o Fiat Eca – Mariela fez questão de frisar.

– Ele mesmo – concordou Cecília. – O Fiat Eca estava vazio, ou seja, alguém o dirigiu até aquele ponto e, dali, a pessoa que estava dentro dele pegou outro carro para seguir até outro lugar. Estão acompanhando o meu raciocínio?

Os outros fizeram que sim com a cabeça. O ônibus agora trafegava lentamente pelas alamedas do condomínio e ia passar na frente de cada edifício para desembarcar os alunos. O Cotovia, onde Cecília morava, era sempre um dos primeiros da rota.

Cecília prosseguiu:

– Se o atentado aconteceu por causa do leilão que vai ser realizado dentro do condomínio, é bem possível que o segundo carro tenha trazido essa pessoa para cá.

– A pessoa, no caso, é o bandido Racional – lembrou Bernardo.

– Bandido ou bandida, pois Racional pode ser homem ou mulher. Alguém sabe a hora exata da explosão?

– É fácil descobrir – disse Mariela, sacando o celular da mochila. – Eu tinha acabado de receber uma mensagem da minha mãe com uma piada tosca quando a internet caiu.

Cecília encarou a amiga com perplexidade.

– Mas sua mãe estava na sua frente! Por que ela não te contou a piada ali mesmo?

– Ai, Cecília, não começa – Mariela fez uma careta, enquanto acessava o aplicativo de mensagens no celular. – Ela recebeu a piada e a encaminhou para mim e para um bando de gente.

– Para mim ela não mandou... – resmungou Cecília.

– Achei! – gritou Mariela, atraindo a atenção do ônibus inteiro.

Ela deu um sorriso amarelo para todo mundo e, em seguida, baixou o tom de voz e confidenciou aos dois amigos:

– Recebi a piada às 19h07. Então, a explosão deve ter acontecido às 19h08. No máximo, 19h10.

– Quanto tempo vocês acham que um carro levaria do lugar em que o Fiat Eca foi abandonado até a entrada do condomínio?

Dessa vez foi Bernardo quem respondeu.

– Se de bicicleta a gente leva entre cinco e oito minutos, de carro não dá nem três minutos.

O ônibus parou em frente ao Edifício Cotovia. Cecília apanhou sua mochila e levantou-se.

– Vamos nos encontrar de novo às duas e meia? Já sei o que fazer.

Mariela e Bernardo concordaram. Marcaram junto ao chafariz da águia de bronze, em frente à entrada do condomínio, e Cecília desceu do ônibus.

10. CONSULTANDO A ENCICLOPÉDIA

Depois do almoço, Cecília fez uma busca na estante do corredor, que abrigava a maior parte dos livros da casa. Faltava mais de uma hora para o encontro com os amigos e ela queria aproveitar o tempo para pesquisar algumas coisas.

Examinou as prateleiras demoradamente, sem encontrar a enciclopédia de quarenta volumes e encadernação de luxo que, um dia, fora o orgulho da família. Ela foi até a cozinha, onde Juliana terminava de colocar a louça suja para lavar.

– Mãe, cadê a enciclopédia?

Juliana deu uma de suas respostas típicas:

– Para que você quer aquilo?

Se não tivesse sido a mãe a lhe fazer uma pergunta descabida daquelas, Cecília jurava que teria respondido algo bem desaforado como: "para fazer sorvete" ou "para forrar o boxe do banheiro". Em vez disso, explicou com a voz bem serena:

– Preciso pesquisar um assunto.

– Aquela enciclopédia velha está desatualizada – disse Juliana. – Procura na internet. É mais fácil.

– O que eu vou procurar não é assunto atual e, além do mais, estamos sem internet.

– Por pouco tempo, minha filha. Recebi esta manhã uma circular do condomínio informando que os técnicos que estão trabalhando na Colina das Torres prometeram normalizar o serviço de telefonia e internet ainda hoje. Até meia-noite deve estar tudo funcionando. A enciclopédia está comigo.

Foram até o quarto de Juliana. Embaixo da janela havia uma estante baixa e comprida, onde os vários volumes da enciclopédia se achavam enfileirados. Cecília apanhou o que lhe interessava e foi para seu quarto.

Enquanto abria o volume sobre sua escrivaninha, ficou pensando no que a mãe lhe dissera. A internet voltaria até a meia-noite. Se Racional tinha detonado a bomba na Colina com o objetivo de transformar o condomínio numa área de sombra para cometer algum crime, ele precisaria agir hoje.

O leilão aconteceria naquela noite. Cecília precisava correr.
Ela folheou as páginas e localizou o verbete que procurava.
"Tarsila do Amaral".

De acordo com a enciclopédia, Tarsila do Amaral nasceu em Capivari (SP) em 1886 e faleceu em São Paulo em 1973. Pintora e desenhista, foi um dos principais nomes do Modernismo no Brasil. Seu quadro *Abaporu*, pintado em 1928, é uma das mais importantes obras da história da arte brasileira. Mas Tarsila também assinou outras pinturas, como *O mamoeiro*, *Palmeiras* e *O pescador*, que, junto com *Abaporu*, estavam reproduzidas em imagens pequenas ao lado do verbete. *Abaporu*, que mostrava uma pessoa pensativa com uma cabeça pequenina e mão e pé enormes ao lado de um cacto, era a mais impressionante. Logo abaixo, havia uma lista de todos os trabalhos de Tarsila.

Não havia, no entanto, nenhuma menção ao quadro *Capivari*. A *marchande* Teodora Carneiro dissera, ontem, que era uma pintura desconhecida e que só há pouco tempo fora descoberta. Como a enciclopédia tinha mais de trinta anos, fazia sentido que a obra não fosse mencionada ali.

No entanto, alguma coisa naquele verbete incomodou Cecília. Ela releu o texto três, quatro, cinco vezes, sem entender o que era, mas teve um pressentimento muito forte de que a bomba detonada na Colina das Torres tinha alguma relação com o quadro *Capivari*.

Um quadro inédito de uma pintora tão importante deveria valer muito dinheiro.

Ele seria leiloado naquela noite. Isso se ninguém o roubasse antes.

Ela espiou o relógio. 14h10. Fechou o livro e deixou-o sobre a mesa. Era hora de encontrar os amigos e dar sequência à investigação.

***

Quando Cecília chegou à estátua da águia de bronze, encontrou Mariela e Bernardo à sua espera. Os dois estavam ansiosos para saber o que ela pretendia e acabaram saindo de casa bem antes do horário combinado.

– Afinal, você vai se abrir com a gente? – perguntou Mariela, com as mãos na cintura. – Mal consegui almoçar de tão ansiosa que estava para saber o que você decidiu fazer.

– Eu também – disse Bernardo. – Meu avô até achou que eu estava doente.

– Não dava para falar sobre isso no ônibus, gente – justificou-se Cecília. – Alguém podia escutar.

– Mas agora estamos só nós aqui – disse Mariela. – Pode ir falando, senão eu volto para casa e esqueço essa porcaria de investigação.

– Melhor guardar toda essa energia, Mariela – disse Cecília. – Temos ainda muito trabalho hoje e você vai precisar dela.

– Anda, Cecília – pediu Bernardo. – Fala logo de uma vez.

Cecília, então, pôs os amigos a par do que havia descoberto, das suas suspeitas e do plano que tinha bolado. Contou do leilão de logo mais e da possibilidade de o quadro *Capivari* estar correndo perigo.

Todos acharam o plano bom. Então, partiram logo para a ação. Eles caminharam até a entrada do condomínio e se dirigiram ao funcionário dentro da cabine de segurança.

– Boa tarde – falou Cecília. – Podemos falar com o senhor um instantinho?

O homem fez que sim. Cecília perguntou se ele estava na cabine na noite da explosão da Colina. Ele respondeu que quem estava trabalhando ali naquela noite era outro vigia, Genésio, e apontou para uma porta lateral da Casa Velha.

– Ele chegou há uns vinte minutos. É só entrar por ali que vocês vão encontrá-lo lá.

Os três seguiram a indicação dele e encontraram Genésio, já uniformizado, tomando um cafezinho na sala dos funcionários. Ele era um homem corpulento e com bigode grisalho que parecia um código de barras. Mariela ficou imaginando que informação apareceria se alguém encostasse um *scanner* no bigode dele.

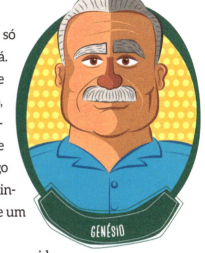
GENÉSIO

Genésio foi receptivo com as crianças, convidou-as a se sentar. Cecília perguntou se ele estava trabalhando na noite da explosão, e ele confirmou.

– O senhor lembra se algum carro entrou no condomínio de três a cinco minutos depois do estrondo?

Genésio forçou a memória.

– Eu me lembro que a luz caiu por uns minutos. Antes de ela voltar, um carro passou pela guarita.

– Entrando? – perguntou Bernardo.

– Entrando. Era um táxi.

– E o senhor deixou entrar? – indagou Mariela.

– Sim. Ele trazia uma senhora que está hospedada no apartamento do doutor Edézio, no Edifício Uirapuru.

– Dona Carolina? – perguntou Cecília.

– Acho que é esse o nome dela. Tem o cabelo vermelho.

Cecília, Mariela e Bernardo trocaram olhares decepcionados. Carolina era a dona do *Capivari*. Se o objetivo do atentado era roubar o quadro, Carolina não podia estar envolvida. Afinal, quem roubaria a si próprio?

– Não entrou mais nenhum carro depois desse táxi? – perguntou Mariela, agoniada.

Genésio pensou um pouco e respondeu:

– Entrou, claro, só que bem depois. Antes, alguns carros saíram do condomínio. O próprio doutor Edézio saiu no carro dele.

A informação procedia. Cecília e Mariela se lembravam de ter encontrado o leiloeiro dirigindo o carro dele naquela noite.

Genésio tomou um último gole de café e completou:

– Mas aconteceu uma coisa meio estranha. Acho que é coisa da minha cabeça, mas fiquei meio preocupado por um tempo.

Cecília, Mariela e Bernardo se empertigaram para ouvir o que Genésio tinha a dizer.

– Depois que a luz voltou – continuou ele –, o síndico convocou uma reunião com os moradores e transformou isso aqui numa bagunça. Eu já estava atordoado com a explosão e com o blecaute, e o doutor Hélio Moacyr só fez piorar as coisas. Por uns minutos, minha cabeça não funcionou direito. Por isso, talvez eu não consiga me lembrar de ter visto o táxi saindo.

11. O TÁXI

Depois de se despedirem de Genésio, Cecília, Mariela e Bernardo foram até a lanchonete da Casa Nova. O lugar, mais uma vez, estava deserto, e Márcia Maria, em vez de ficar feliz por ter, pelo menos, três clientes, os recebeu com o entusiasmo de quem vai a uma consulta dentária.

– Sucos? – perguntou ela, com a secura que era sua marca registrada.

– Boa tarde, Márcia! – saudou Mariela, com deboche.

Márcia Maria não só não esboçou resposta como continuou olhando séria para eles.

– Três de goiaba desta vez – pediu Cecília.

Assim que Márcia Maria se afastou, Bernardo protestou:

– Mas eu queria de laranja.

– Se cada um pedisse de um sabor, ela ia reclamar. Quis simplificar, até porque temos pouco tempo.

– Pouco tempo? – Bernardo ressabiou-se. – Para quê?

– Para o próximo eclipse lunar – respondeu Mariela, com impaciência. – Claro que é para o leilão de arte, seu tonto. É hoje à noite.

– E precisamos resolver nosso mistério antes disso – concordou Cecília. – Até agora só temos pistas soltas que apontam para várias direções. Isso é horrível.

Márcia Maria trouxe os sucos e, em vez de voltar para o balcão, ficou parada ao lado deles.

– Algum problema, Márcia? – quis saber Cecília.

– Querem mais alguma coisa?

– A gente te chama, se quiser.

Márcia fez que sim com a cabeça e se afastou lentamente.

– Sujeitinha enxerida... – resmungou Mariela. – Até parece que ela queria ouvir nossa conversa.

– Será que ela é a culpada? – especulou Bernardo.

– Não adianta perder tempo com isso agora – disse Cecília. – Se a Márcia tiver alguma coisa a ver com essa conspiração, a gente vai descobrir. O importante agora é darmos o próximo passo.

– E qual seria? – indagou Mariela, tomando num só gole quase metade do suco.

– Vocês prestaram bastante atenção no que seu Genésio falou? Ele disse que não se lembrava de ter visto o táxi que trouxe a dona Carolina saindo do condomínio. Mas se lembra do carro do doutor Edézio.

– Já entendi – disse Mariela. – Se ele não lembra, não é porque está de memória curta.

– É porque o táxi não saiu mesmo – completou Bernardo.

– Temos que verificar isso – disse Cecília bebendo seu suco – porque, se o táxi ficou no condomínio, algum motivo deve ter.

– Levar embora o quadro que vai ser roubado hoje à noite no leilão, por exemplo – especulou Bernardo.

Cecília tomou o que restava do suco. Não queria chegar a conclusões antes da hora. Mas alguma coisa lhe dizia que o que estava acontecendo era muito mais do que um plano para roubar um quadro caro.

***

Depois de terminarem os sucos, os três deixaram a Casa Nova caminhando pelo condomínio. Era grande a quantidade de vizinhos sentados em bancos conversando, de famílias fazendo piqueniques e de crianças brincando ao ar livre, aproveitando o tempo bom. Ninguém, absolutamente ninguém com celular na mão, digitando isolado num canto, hipnotizado pela telinha e desligado do mundo pelos fones de ouvido. Era como se as pessoas tivessem se reencontrado depois de anos distantes umas das outras. Havia vida interessante no mundo real, amigos fora das redes sociais, havia todo um mundo aqui fora que podia e merecia ser vivido com intensidade e alegria.

Era uma pena, pensou Cecília, que a internet fosse ser religada até a meia-noite. Como no conto da Cinderela, ao soar das doze badaladas, a carruagem viraria abóbora e aquele mundo mágico acabaria por encanto, fazendo tudo voltar à rotina de antes.

A menina admitia, porém, que se pudessem acessar a internet agora talvez fizessem descobertas importantes sobre o quadro misterioso de Tarsila do Amaral e sobre o bandido Racional. Talvez houvesse registros dos crimes dele em *sites* antigos de notícias. Isso, com certeza, tornaria aquela investigação mais fácil.

Após uns bons minutos de caminhada, Cecília, Mariela e Bernardo alcançaram o Edifício Uirapuru, o mais luxuoso do condomínio. Numa de suas duas coberturas duplex morava Edézio Crisóstomo Arjona, mas a intenção dos três não era subir até lá. Em vez disso, eles se esconderam atrás de um arbusto florido, próximo à garagem. Não precisaram esperar muito, pois logo viram um carro preto, bonito, aparecer na alameda mais abaixo e fazer a curva para entrar na garagem.

O portão automático começou a se abrir. Cecília disse:

– Contem até três... – ela pensou melhor, ao constatar que o portão se abria mais lentamente do que imaginava. – Melhor: até cinco e venham comigo.

O portão se ergueu totalmente e o carrão preto foi deslizando rampa abaixo. Cecília, Mariela e Bernardo, o mais agachados que podiam, seguiram atrás, sem se preocupar de estarem sendo vistos pelo zelador do edifício, já que as câmeras de vigilância não estavam funcionando. O carrão sumiu garagem adentro, e eles começaram a busca.

Percorreram, primeiro, todo o perímetro da garagem, mas não encontraram nada. Depois checaram os carros estacionados nas vagas espalhadas pelo miolo.

Nenhum sinal do táxi.

Cecília bufou desanimada.

– Será que estamos perdendo tempo?

– Cecília, Bê... – era a voz de Mariela. – Olhem só aquilo.

Mariela apontava para uma placa, posicionada ao lado de uma segunda rampa, que dizia: "G2". O Uirapuru era das poucas torres do Quinta do Riacho que tinha dois níveis de garagem.

Eles desceram a segunda rampa e se viram num espaço idêntico ao de antes, só que com menos carros. Era, talvez, uma garagem mais exclusiva. Andaram um pouco e não demoraram a encontrar o setor das coberturas. Reconheceram a antiga Mercedes prateada de Edézio no canto direito, quase encostada à parede. Até a placa brilhava de tão nova. Mariela ficou pensando se Edézio era tão rico a ponto de escolher a numeração da placa. Ouvira sua mãe comentar uma vez que isso era possível.

Mas as iniciais da placa do Mercedes, a princípio, não diziam nada: TBA. Significaria o quê? "Tudo Bem Aqui"?

Eles esticaram o olhar e, mais adiante, junto a uma pilastra, avistaram o táxi estacionado. Só podia ser o carro que trouxera dona Carolina pouco depois da explosão na colina.

Se ele ficara no condomínio, o motorista também ficara.

– Precisamos saber quem estava dirigindo esse táxi – disse Cecília.

Mariela anotou a placa, que começava com ROP. Enquanto isso, Cecília e Bernardo usaram as lanternas do celular para espiar o interior do veículo, mas não deu para ver muito, porque naquele momento eles ouviram um estalo, como se um sapato tivesse acabado de pisar numa poça-d'água.

Gelaram ao perceber que tinham companhia.

12. UMA SOMBRA NA GARAGEM

Cecília fez sinal para eles se agacharem atrás do táxi.

– Vamos fazer silêncio. Talvez seja só um morador indo até seu carro.

Ficaram escondidos durante alguns instantes. Não ouviram mais nenhum barulho.

– Será que foi só impressão nossa? – perguntou Bernardo.

– Às vezes o medo faz a gente ouvir o que não existe – disse Cecília.

Bernardo ficou vermelho.

– Medo? E quem disse que eu estou com medo?

Mariela fez uma careta para ele:

– Ah, tá, senhor valentão. Estou até emocionada de estar cara a cara com o único ser humano na face da Terra que nunca sentiu medo na vida.

– Eu não estou com medo mesmo – retrucou ele. – Se você está, problema seu.

– Bem, já que você não tem medo – propôs Mariela –, que tal dar uma geral na garagem e ver se o caminho está livre para a gente ir embora?

Bernardo permaneceu no lugar. Olhou para Cecília em busca de apoio, mas ela apenas sacudiu os ombros.

– Ela está certa. Quem não deve não teme.

Bernardo engoliu em seco. Estava na cara que ele não queria admitir que estava, sim, morto de medo. Cecília completou:

– Se bem que eu acho que nós três devemos permanecer juntos. Três pessoas são um alvo mais difícil do que uma sozinha, por mais corajosa que seja.

Bernardo sorriu aliviado. Mariela comentou, ácida:

– Até porque ser corajoso demais às vezes é sinal de burrice.

A garagem continuava em silêncio. Cecília deu uma última olhada por cima do capô do carro, confirmou que o caminho estava livre e gesticulou para os outros dois:

– Vamos. Antes que apareça alguém.

– E qual é o próximo passo? – perguntou Mariela.

– Pedir ao doutor Edézio para falar com a dona Carolina. Temos que saber quem estava dirigindo o táxi.

Eles foram caminhando devagar em direção à rampa e, de repente, ouviram o mesmo ruído de antes. O estalo de um sapato numa poça-d'água.

Seguido de outro. E de mais outro. Cada vez mais rápido.

Os três se entreolharam em pânico.

Realmente não estavam sozinhos ali.

O que fazer agora? Correr?

– Para a rampa! – ordenou Cecília. – Depressa!

Eles saíram em disparada. Ouviram, mais atrás, os estalos se transformarem em sons pesados de passos acelerados. Alguém vinha atrás deles.

Eles subiram a rampa de volta ao primeiro andar da garagem e se deram conta de que não teriam como passar pela porta. A garagem só se abria se algum veículo estivesse entrando ou saindo, e nenhum dos carros à volta deles estava em movimento ou sendo ligado naquele momento.

– A portaria – lembrou-se Cecília. – Se encontrarmos a escada do prédio, podemos sair pela portaria.

– E até pedir socorro ao zelador – concordou Mariela.

– Difícil vai ser explicar a ele o que a gente estava fazendo aqui embaixo – resmungou Bernardo.

Enquanto corriam, viram as placas presas nas pilastras, que indicavam a localização da escada e dos elevadores. Deram meia-volta, passando pelo meio de fileiras de automóveis estacionados. Atrás deles, os passos iam ficando mais e mais fortes. Volta e meia um dos três girava a cabeça para tentar descobrir quem os perseguia, mas não viam nada além de sombras projetadas nas paredes.

Avistaram ao longe o acesso aos elevadores. Ao lado deles, uma porta de incêndio. A porta para a escada.

Correram para lá. A essa altura, o fôlego começava a faltar, principalmente para Bernardo.

Mas a sombra foi mais esperta e, por conhecer melhor aquela garagem do que eles, pegou um caminho mais curto. Quando estavam a poucos passos de alcançar a porta, Cecília, Mariela e Bernardo viram a sombra se agigantar junto a eles.

Os três pararam na mesma hora, mas nem tiveram tempo de entrar em pânico. Edézio Arjona estava ao lado deles e respirava com dificuldade. Tinha corrido muito.

***

Após recuperar o fôlego, Edézio perguntou:

– O que vocês estão fazendo aqui?

Cecília teve vontade de perguntar a mesma coisa para ele. O leiloeiro vestia seu inevitável paletó escuro e o rosto estava recoberto de suor por causa do esforço. Ele não deveria estar na Casa Velha ocupado com os preparativos do leilão de logo mais?

– Desculpem ter corrido assim atrás de vocês – disse Edézio, usando um lenço para enxugar o rosto. – Fiquei preocupado, achei que estivessem perdidos. Pensei em chamá-los, mas não me lembrava dos seus nomes. – Ele guardou o lenço de volta no bolso do paletó e perguntou: – Por que estavam correndo daquele jeito?

Antes que Cecília pensasse no que responder, Bernardo já foi logo abrindo o bico:

– A gente veio conferir uma denúncia.

Edézio levantou uma sobrancelha, intrigado.

– Como assim?

Cecília olhou furiosa para o amigo. Edézio, até segunda ordem, era um suspeito, e não se abria o jogo com suspeitos assim logo de cara.

Mas, como o estrago já estava feito, ela não tinha opção que não fosse falar a verdade. Até porque, pelo andamento da investigação, precisariam procurar Edézio em algum momento para conversar com dona Carolina.

– Um táxi trazendo dona Carolina entrou no condomínio logo depois da explosão na Colina das Torres.

Edézio balançou a cabeça afirmativamente.

– É verdade – ele disse. – Ela veio de táxi.

– Só que o táxi não saiu. Ele está parado numa das vagas reservadas para o seu apartamento, doutor Edézio – disse Mariela.

Pela primeira vez, Edézio pareceu surpreso.

– Tem certeza disso?

Os três fizeram que sim com a cabeça.

– Quem passou essa informação a vocês?

– Ninguém – respondeu Bernardo, firme. Não queria falar a verdade para não incriminar Genésio. – Nós vimos o táxi entrando.

Edézio podia ter insistido, perguntando como eles se lembravam de ter reconhecido Carolina dentro dele, se somente no dia seguinte foram apresentados a ela. Em vez disso, ele levou as mãos ao queixo, pensativo.

– Precisamos falar com dona Carolina – disse Cecília. – Para saber quem era esse taxista.

– Mas, crianças, por que essa informação é importante? Por que estão tão inquietos?

Mariela respirou fundo e disse:

– Porque nós temos quase certeza de que tudo isso é parte de um plano para roubar um dos quadros do seu leilão – afirmou.

Desta vez Edézio pareceu espantado de verdade.

– Provavelmente o da Tarsila do Amaral – complementou Cecília. – O *Capivari*.

Para surpresa geral, o leiloeiro, em vez de ficar mais preocupado, abriu um sorriso sereno.

– Oh, meus queridos, não precisam se preocupar com os quadros, principalmente com o *Capivari*. Sou um leiloeiro experiente, e se estou fazendo o leilão aqui no condomínio é justamente por razões de segurança. As obras estão sob vigilância intensa 24 horas por dia no meu apartamento. Garanto a vocês que não há nenhuma possibilidade de que alguém se atreva a roubar qualquer uma delas.

Bernardo ainda tentou argumentar:

– Mas o táxi que trouxe a dona Carolina...

– Crianças, eu estou sinceramente comovido com a preocupação de vocês e, assim que voltar ao apartamento, conversarei com a Carolina a respeito do táxi. Ela está acima de qualquer suspeita, pois, além de minha amiga há anos, é a dona do *Capivari* e a maior interessada em que ele seja vendido.

Edézio deve ter notado os olhares apreensivos dos três, pois, no instante seguinte, fez uma proposta:

– Vamos fazer o seguinte? Apareçam na Casa Velha uma hora antes do começo do leilão. Estarei lá com a Carolina e vocês poderão conversar pessoalmente com ela e fazer as perguntas que quiserem. Também estarei à disposição. O que acham?

Cecília, Mariela e Bernardo trocaram olhares interrogativos, mas Cecília se apressou em responder pelos três:

– Combinado, doutor Edézio. Estaremos lá.

13. A IMPOSTORA

As horas voaram. Quando o relógio bateu cinco e meia, Cecília já estava pronta. Havia se arrumado sem exageros. O próprio Edézio dissera à turma que um leilão de arte não era um casamento nem uma cerimônia de Estado e que eles não precisariam usar roupas de gala.

Juliana já havia ido à exposição e achava uma chatice mofar na plateia de um leilão assistindo às pessoas dar lances, já que ela não teria dinheiro para participar. Quando Cecília quase se ajoelhou implorando para irem ao leilão, ela propôs que a filha fosse sem ela. Não havia nenhum perigo; afinal, o leilão aconteceria na Casa Velha, dentro do condomínio, e dúzias de seguranças estariam espalhados por toda parte por causa das obras de arte, sem falar nos vizinhos e pessoas conhecidas. Cecília fingiu ficar contrariada por ter de ir sozinha, mas no fundo era tudo o que queria. Só tomou cuidado para não deixar transparecer, pois isso com certeza faria Juliana mudar de ideia rapidinho.

Faltavam cinco minutos para as seis quando chegou à Casa Velha. Logo depois, Mariela se juntou a ela e, em seguida,

Bernardo. Três seguranças do condomínio estavam de pé junto à entrada. Cecília dirigiu-se a um deles:

– Viemos falar com o doutor Edézio.

– Ninguém pode entrar na casa agora – respondeu o rapaz, secamente.

– Mas ele marcou com a gente – disse Mariela.

– Ninguém entra ainda.

– Por que você e seus amigos não vão brincar um pouco? – ela ouviu a voz de Leôncio, e logo o síndico apareceu vindo sabe-se lá de onde, como que por encanto. – Aqui é lugar para adultos.

Cecília, Mariela e Bernardo notaram que ele estava muito bem vestido. Terno alinhado, sapatos engraxados e gel nos cabelos. Parecia outra pessoa.

– É mesmo? – e então Mariela fez a pergunta que estava entalada na garganta desde a noite do blecaute: – Será que é por que pode cair um raio aqui na Casa Velha igual àquele que, de acordo com o senhor, causou a explosão na Colina das Torres?

Leôncio fechou ainda mais a cara e disse:

– Realmente naquela noite eu me enganei. Tinha passado o dia todo trancado no meu gabinete trabalhando, trabalhando muito para o condomínio, e não vi se tinha chovido ou não. Para mim, a explosão, na hora, me lembrou o som de uma trovoada – ele balançou a mão para os três, enxotando-os. – Agora caiam fora.

A explicação era convincente, embora Cecília desconfiasse que, no momento da explosão, ele estivesse cochilando no gabinete.

– Mostre o estatuto do condomínio, Leônc... Sr. Hélio Moacyr – pediu ela. – Se ali tiver alguma cláusula que proíba menores de idade de entrar na Casa Velha, prometo que a gente dá meia-volta e vai embora.

Leôncio soltou uma gargalhada:

– Desde quando eu preciso de estatuto para colocar três fedelhos enxeridos para correr? Eu sou o síndico! Basta estalar os dedos e os seguranças sob meu comando fazem o que eu quiser. Querem ver?

Um movimento atrás de Leôncio o fez parar. Edézio Arjona havia surgido de dentro da Casa Velha e caminhava, agora, na direção deles.

– Algum problema aqui?

A aparição repentina do leiloeiro fez Leôncio baixar a crista na hora.

– Não, doutor Edézio. Está tudo bem.

– O síndico não está deixando a gente entrar, doutor Edézio – falou Bernardo, percebendo o rosto de Leôncio ficar vermelho.

Edézio foi conciliador.

– Fique despreocupado, doutor Hélio. Eu chamei os três. Estão me ajudando num assunto importante.

Leôncio deu um suspiro e fez um sinal contrariado autorizando a entrada deles. Mariela cochichou com Cecília:

– O homem está morrendo de ódio.

Cecília deu de ombros.

– Problema dele.

– Mas e se ele tentar alguma coisa contra a gente?

– Tentar alguma coisa por quê? Não estamos fazendo nada de errado.

O interior da Casa Velha passava pelos últimos ajustes para o leilão. Havia muitos seguranças, e Cecília reconheceu entre eles o garçom barbudo *hipster* do coquetel de ontem. Mas por que ele estava vestido de segurança? Ou seria ele um segurança que, ontem, fizera um bico como garçom?

Edézio levou-os até o Salão Nobre. Várias fileiras de cadeiras haviam sido arrumadas em frente a uma tribuna alta, de onde o leiloeiro comandaria o pregão.

Numa das cadeiras da primeira fileira, viram dona Carolina sentada. O inconfundível cabelo vermelho estava bem arrumado.

– Carolina – anunciou Edézio –, aqui estão os jovens que queriam conversar com você.

Ela deu um sorriso desanimado para eles.

– Olá, meus amores. Em que posso ajudá-los?

Cecília foi direto ao ponto:

– Na noite da explosão na Colina das Torres, a senhora veio de táxi para o condomínio?

– Sim.

– Por que o táxi continuou no condomínio? – perguntou Mariela.

Carolina meneou a cabeça.

– Não faço ideia. Confesso que fiquei surpresa quando Edézio me contou mais cedo.

– Lembra quem era o taxista? – indagou Mariela.

– Sim. E não era o, mas *a* taxista. Uma mulher.

– E a senhora se lembra de como ela era? – Cecília perguntou.

– Lembro, é claro. Uma mulher bonita, alta, de pele escura, muito bem cuidada. Parecia uma artista de cinema.

– Isso é muito vago, Carolina – desta vez era Edézio quem parecia intrigado. – Eu me lembro de ver algumas pessoas com essa descrição no coquetel de ontem.

– Uma delas, por sinal, era minha mãe – falou Mariela. – Se bem que, cá entre a gente, ela não é muito alta nem se parece com uma artista de cinema.

– Tinha também a Teodora Carneiro, a crítica de arte e *marchande*. – lembrou Cecília. – Mas é claro que não foi ela.

Edézio olhou estarrecido para Cecília.

– Teodora Carneiro?

Cecília fez que sim com a cabeça. Edézio completou:

– Minha querida, estou nesse mercado há mais de quarenta anos, e nunca ouvi falar de nenhuma crítica de arte nem de nenhuma *marchande* chamada Teodora Carneiro. Se ela se apresentou assim para você, só pode ser uma impostora.

Dois seguranças entraram no Salão Nobre. Um deles era o barbudo *hipster*. O outro, um homem um pouco mais velho, foi falar com Edézio.

– Os convidados estão chegando, doutor Edézio. O senhor quer que eu abra o salão agora?

– Sim.

A presença dos seguranças fez Mariela se distrair por um momento e desviar os olhos casualmente para a vistosa tribuna de jacarandá de onde Edézio comandaria o leilão. Três letras em metal dourado ornavam a parte da frente da tribuna:

E C A

As iniciais do nome de Edézio Crisóstomo Arjona.

Minha nossa!

Seria ele o dono do Fiat onde estaria Racional e que fora abandonado próximo à Colina das Torres? Segundo sua mãe, havia pessoas ricas que podiam pagar por carros emplacados com a sequência de letras que quisessem. Muitos optavam pelas iniciais do próprio nome.

Edézio era um homem rico, e aquele Fiat podia ser dele. Muitos milionários colecionavam carros antigos.

Mariela se perguntou se estaria imaginando coisas.

Faltavam 55 minutos para o leilão começar, e não era hora de perseguir pistas falsas.

14. UMA ACUSAÇÃO GRAVE

Muitas pessoas já tinham chegado à Casa Velha e, quando as portas do Salão Nobre se abriram, elas começaram a ocupar seus lugares. Cecília, Mariela e Bernardo repararam que dona Carolina havia se retirado.

Mariela cochichou com os dois amigos:

– Acham que existe alguma chance de o doutor Edézio ser o culpado de tudo?

– Por quê? – quis saber Bernardo.

Ela falou sobre suas suspeitas em relação ao Fiat Eca, por causa da placa. Bernardo reagiu com deboche:

– E a senhorita pode me explicar por que o doutor Edézio ia colocar as iniciais dele justo naquela lata velha? Por que ele não fez isso na placa do Mercedes?

– Eu não duvido de nada – disse Cecília. – Só acho que se o doutor Edézio quisesse roubar um dos quadros, já teria feito isso. Não precisaria esperar o leilão.

– A não ser que ele tenha mandado falsificar algum dos quadros – especulou Mariela. – Ele afana o verdadeiro e leiloa o falso.

Mais convidados começavam a chegar, agora em maior número. Um deles era Régis Salgado. Ele tinha um curativo no couro cabeludo e caminhava com o auxílio de uma bengala ao lado da esposa.

Cecília reparou que ele olhava para todos os lados, visivelmente ansioso.

– O que será que aquele traste está procurando? – perguntou Bernardo.

Salgado ignorou as crianças, mas se sentou na fileira exatamente em frente à deles. Uma moça, vestida com um terninho vermelho, foi passando pelas cadeiras e entregando o catálogo do leilão para os presentes.

O catálogo parecia um livro de arte, desses que custam uma fortuna nas livrarias. As páginas eram em papel *couché* e mostravam imagens em cores e bem nítidas das obras que seriam leiloadas, com textos explicativos ao lado.

– Ainda acho que o doutor Edézio devia suspender o leilão do quadro da Tarsila – disse Bernardo. – E trancá-lo muito bem trancado num cofre até que a gente descubra quem é o criminoso.

– Um criminoso sem crime? – questionou Mariela. – Sim, pois se não houver roubo, não haverá crime. E sem crime não há criminoso.

– A gente tinha que ter feito essa proposta a ele mais cedo – disse Cecília. – Agora não dá mais tempo.

Cecília folheou o catálogo até as páginas finais, que eram dedicadas ao quadro *Capivari*, a grande estrela do leilão, e à Tarsila do Amaral. Além de uma imagem de página inteira do quadro, havia algumas menores retratando outras obras da artista, e também um texto falando da vida e da carreira dela.

Cecília observou atentamente as obras e, de repente, entendeu o que a tinha incomodado tanto quando lera o verbete sobre Tarsila na enciclopédia da mãe.

Ela sentiu todo seu corpo gelar.

– Ai, meu Deus!

– O que foi? – perguntou Mariela.

Cecília apontou para a imagem de *Capivari* no catálogo.

– Olhe só para isto aqui. Essa pintura...

Ela sentiu uma mão apertar seu ombro e deu um pinote, quase arremessando o catálogo para o outro lado do salão. Virou-se assustada e deu de cara com Teodora Carneiro de pé, sorrindo para ela:

– Boa noite, minha jovem! Desculpe se a assustei.

Algumas pessoas em volta notaram o rebuliço e olharam para elas. Uma delas foi Régis Salgado. Ele se pôs de pé na mesma hora e apontou o dedo para Teodora.

– Aí está você! Estava mesmo te procurando!

Teodora, Cecília, Mariela e Bernardo olharam para ele sem entender nada.

– Vai me explicar agora por que me deu aquela pancada na cabeça ontem? – Régis perguntou, furioso.

Teodora o encarou, chocada.

– Hã? Do que o senhor está falando?

– A senhora sabe muito bem.

– Eu nem conheço o senhor.

– Ah, mas eu conheço a senhora – Régis fechou ainda mais a cara. – E a reconheci ontem à noite. Por isso a senhora tentou me matar.

Era uma acusação grave, e Salgado a estava fazendo no meio de um monte de testemunhas.

– Eu vi a senhora perto da Colina das Torres na hora da explosão – disse ele, apontando o dedo para Teodora. – Na hora, fiquei meio atordoado e algumas coisas que eu tinha visto me fugiram da memória. Mas quando a encontrei ontem no coquetel, me lembrei de tudo.

Cecília interpelou Teodora:

– Isso que ele está falando é verdade?

Teodora não disse nada.

– Eu vi a senhora entrando pela porta que dá para os banheiros – Salgado falava cada vez mais alterado. – Fui atrás e ganhei uma pancada na cabeça. Vai dizer que estou mentindo? Vai querer me convencer de que nada daquilo aconteceu?

***

Teodora Carneiro não era crítica nem negociante de arte, de acordo com Edézio. A descrição da motorista do táxi feita por Carolina batia com a aparência dela. E agora Salgado dizia que a vira perto da Colina das Torres no momento da explosão.

Todos os indícios apontavam para ela. Então Carolina falara a verdade? Cecília ficou arrasada. Não acreditava que Teodora pudesse ser culpada. Simplesmente, ela não tinha o perfil de uma criminosa. Se é que criminosos tenham um perfil.

– Lamento muito pelo que aconteceu ao senhor aqui ontem – declarou Teodora calmamente, olhando nos olhos de Salgado. – O senhor chegou ao coquetel na hora em que eu precisei ir ao toalete. Quando saí de lá, vi o senhor estatelado no chão. Fui eu que o encontrei e corri para o salão para pedir ajuda. Em vez de me acusar, o senhor devia me agradecer. Posso ter ajudado a salvar sua vida, sabia?

– Uma desculpa muito bem construída – riu Salgado. – Se não foi a senhora quem me bateu, quem foi, então?

– Eu não tenho nenhum interesse em tentar eliminar o senhor. Muito pelo contrário.

– Por que "muito pelo contrário"?

– Porque o senhor é uma testemunha importante.

Mariela cochichou com Cecília:

– Parece conversa de maluco. Cada vez entendo menos.

Salgado encarava Teodora, confuso.

– O que a senhora está querendo dizer com isso? – questionou ele. – Que o fato de eu ter testemunhado a sua presença perto da colina pode te servir de álibi?

– Eu não preciso de álibi, cavalheiro – declarou Teodora, retirando uma credencial da bolsa e exibindo-a a Salgado. – Sou da polícia. Eu estava naquela noite no encalço de um bandido conhecido como Racional. Há anos procuro por ele e, quando estávamos quase o alcançando, a explosão na Colina fez com que perdêssemos sua pista novamente.

15. O BANDIDO MISTERIOSO

Cecília ergueu os olhos para Teodora, em dúvida sobre no que acreditar.

– A senhora é mesmo da polícia? – perguntou.

– Sim. Da Delegacia de Defraudações.

– E por que me disse que trabalhava com arte?

– Eu precisava de um disfarce conveniente para não chamar a atenção, caso me fizessem perguntas. Principalmente se Racional me fizesse perguntas.

Ela falava de Racional com intimidade. Era um indício forte de que ela estava sendo sincera daquela vez.

– Se a senhora encontrasse esse bandido, não seria mais fácil simplesmente prendê-lo? – perguntou Bernardo.

– Seria – respondeu Teodora. – Se eu soubesse como ele é.

Régis Salgado continuava de pé em frente a eles e não muito satisfeito com o rumo da conversa.

– Eu só quero saber quem bateu na minha cabeça – resmungou ele. – Se não foi a senhora, quem foi?

– É uma das coisas que estou tentando descobrir, meu senhor – respondeu Teodora. – Mas não fui eu, está bem?

Em nenhum momento Salgado cumprimentou Cecília, Mariela ou Bernardo. Era como se não os conhecesse. Cecília sabia que era errado pensar assim, mas ela não teria pena de Salgado se descobrisse que ele era o bandido Racional. Se fosse preso, seria um vizinho chato a menos para esnobá-la.

Salgado voltou a se sentar. Teodora aproveitou a deixa e propôs:

– Vamos para outro lugar? Não vai ser bom se outras pessoas escutarem a nossa conversa.

Eles caminharam até a antessala do Salão Nobre. Mariela perguntou a Teodora:

– Por que o bandido se chama Racional? É porque ele raciocina muito?

– Não sei. Talvez – disse Teodora. – Estou tentando prendê-lo há mais de dois anos. Ele sempre escapa. A última foi na Colina das Torres anteontem. Eu tinha a informação de que ele estava num antigo Fiat 147; então, mobilizamos um grande efetivo da polícia para, enfim, prendê-lo. Mas aí houve o atentado e o blecaute. Foram poucos minutos sem luz, mas o suficiente para Racional trocar de carro e desaparecer de novo.

– A senhora acha que ele está aqui no condomínio? – perguntou Mariela.

– Acho. E por duas razões. A primeira é que naquela noite a polícia tinha bloqueado diversas vias de acesso à Colina das

Torres. Todos os carros que passaram por esses bloqueios após o blecaute foram parados e revistados, e Racional não estava em nenhum deles.

– Ele poderia estar disfarçado – disse Bernardo.

– É, poderia. Mas os policiais checaram a documentação de todos os ocupantes desses carros. Eram pessoas idôneas. Dificilmente seriam bandidos, o que me levou a acreditar na hipótese de ele ter se escondido em algum lugar antes desses bloqueios. O condomínio é um deles.

– Mas não é o único – disse Cecília.

– Não. Mas aí entra a segunda razão. O leilão.

– O que tem o leilão?

Teodora explicou:

– É um leilão de arte, e Racional está sendo procurado por ser o maior falsificador de obras de arte do país. Eu tive certeza de que ele estaria por aqui depois que Régis Salgado, a única pessoa que pode tê-lo visto trocar de carro durante o blecaute, foi atacado no coquetel de ontem.

Os quatro estavam tão absorvidos na conversa que não perceberam um vulto, oculto por uma das antigas colunas da antessala, ouvindo cada palavra que eles diziam.

***

Poucas horas atrás, Cecília, Mariela e Bernardo achavam-se perdidos no meio de um monte de pistas soltas que levavam para todos os lados e para nenhum ao mesmo tempo.

Mas agora tudo fazia sentido.

O criminoso não iria roubar nenhuma obra de arte.

Ele tinha falsificado uma delas.

E Cecília já até sabia qual.

Fora o que ela descobrira há poucos instantes folheando o catálogo do leilão, depois de ter tido a mesma percepção enquanto lia o verbete sobre Tarsila do Amaral na enciclopédia da mãe.

– Dona Teodora, acho que a senhora precisa ver isso – ela disse. E abriu o catálogo bem na página em que aparecia uma reprodução de *Capivari*. – É essa a pintura falsificada.

– Não tenho certeza disso, minha jovem.

– Mas eu tenho – falou Cecília. – Deem uma olhada nesse quadro. Uma olhada demorada.

Teodora, Mariela e Bernardo obedeceram. Analisaram a pintura de cima a baixo, tentando absorver todos os detalhes possíveis.

Cecília, então, passou à página seguinte.

– Agora vejam isso aqui.

Ela apontava para as reproduções em tamanho menor de outras pinturas de Tarsila do Amaral, que ilustravam um texto sobre a vida e a obra da artista.

– Os elementos que aparecem em *Capivari* são idênticos aos de outras pinturas de Tarsila do Amaral. As casinhas brancas de telhados vermelhos, bananeiras e um mamoeiro parecem ter sido tirados do quadro *O mamoeiro*. – Enquanto falava, Cecília movia o dedo com rapidez entre a foto de *Capivari* e as das outras pinturas. – As colinas verdes são iguais às que aparecem na pintura *Palmeiras*. Já as palmeiras são de outra pintura, *O pescador*. Estão vendo só?

– E esse sol amarelo enorme no topo da pintura? – indagou Bernardo, ainda sem entender direito aonde Cecília queria chegar.

– O sol, o cacto e o céu azul do fundo vêm do *Abaporu*, o quadro mais famoso da Tarsila do Amaral.

Após pensar um pouco, Teodora perguntou:

– Desculpe, querida, mas não compreendi ainda o que você está querendo provar nos falando isso.

As portas do Salão Nobre foram fechadas. O leilão iria começar. Os quatro estavam agora sozinhos na antessala.

Cecília disse:

– A senhora mesma me disse ontem que *Capivari* era uma pintura desconhecida, que foi descoberta há muito pouco tempo.

– Foi o que eu li.

– Se ela foi descoberta há pouco tempo, como Racional conseguiu falsificá-la?

Teodora entendeu. Mariela e Bernardo também, pois levaram as duas mãos à boca, chocados com aquela descoberta.

– *Capivari* não foi descoberta por ninguém, porque Tarsila do Amaral nunca pintou esse quadro – finalizou Cecília. – Racional pintou o quadro sozinho e inventou essa história de trabalho inédito para conseguir vender uma pintura de Tarsila do Amaral, que ele sabe valer uma fortuna. Ela é uma das artistas mais valorizadas do Brasil, e, se ele tentasse falsificar qualquer quadro dela, todo mundo saberia que era uma fraude.

Uma sequência de barulhos repentinos encheu o ambiente. Eram sons de passos acelerados subindo a escadaria principal da Casa Velha, seguidos de portas batendo e da voz exaltada de um homem no andar de cima. Ouviu-se um estrondo. E a casa voltou a mergulhar no silêncio.

Cecília, Mariela, Bernardo e Teodora olharam em torno, mas estavam sozinhos ali. Havia seguranças do lado de fora da casa e dentro do Salão Nobre. Enquanto isso, algo muito estranho se passava lá em cima.

E, então, tudo escureceu.

16. SURPRESA NO LEILÃO

Atrás da tribuna, Edézio Arjona vendia o primeiro lote da noite. Ele apontava para um belo quadro colocado sobre um suporte ao lado da tribuna e falava ao microfone:

– Temos aqui o quadro *Paisagem mineira*, de autoria de Alberto da Veiga Guignard, óleo sobre madeira, 32 centímetros de altura por 48 de largura, pintado em 1951. Alguém interessado?

Ele segurava um martelo trabalhado em madeira e ia registrando os lances dados pelas pessoas na plateia. Ao final, quando o quadro já havia alcançado o triplo do valor inicial, ele perguntou:

– Mais algum lance? Não? – e bateu com o martelo uma vez sobre a tribuna. – Dou-lhe uma!

Como ninguém mais se manifestou, ele deu mais duas batidinhas com o martelo e anunciou:

– Vendido o Guignard para o cavalheiro da segunda fileira. Muito obrigado – virou-se para uma moça da sua equipe. – Traga, por favor, o próximo lote.

O quadro de Guignard foi retirado do suporte; antes que o seguinte ocupasse o lugar, a sala escureceu. Seria outro blecaute? E logo na hora do leilão?

Edézio ligou a lanterna do celular e, procurando manter a calma, chamou um dos seguranças.

– Vá ver o que aconteceu – pediu. – Depressa!

As portas do salão foram escancaradas e luzinhas das lanternas de três celulares entraram correndo. Cecília correu diretamente para a tribuna.

– Proteja seus quadros, doutor Edézio – alertou ela, quase atropelando as palavras. – Invadiram a Casa Velha.

– O invasor correu para o andar de cima – disse Mariela. – Ele deve ter ido para a sala de segurança. O quadro de força fica lá.

– Eu dei uma olhada lá fora e está tudo iluminado. Só está faltando luz aqui na Casa Velha – informou Bernardo. – O invasor deve ter algum motivo para causar esse apagão.

Teodora tinha ficado na antessala e tentava reunir alguns dos seguranças de plantão na entrada para auxiliá-la na busca pelo invasor. Mas o segundo andar estava, agora, em silêncio.

Um alvoroço havia tomado conta do salão. As pessoas pareciam assustadas e curiosas, e muitas falavam ao mesmo tempo.

Edézio fez sinal para dois seguranças e disse:

– Subam até o segundo andar e tentem religar a energia. Onde está o síndico?

Boa pergunta.

– Nós sabemos onde ficam os disjuntores – adiantou-se Cecília. – Podemos levá-los até lá.

Os seguranças saíram guiados por Cecília, Mariela e Bernardo. Com as lanternas dos celulares ligadas, eles subiram os degraus da bela escadaria principal da Casa Velha e alcançaram o segundo andar. Cecília orientou o caminho até a sala de segurança. A porta estava escancarada e as janelas, abertas. Cecília, Mariela e Bernardo localizaram o quadro de luz e puxaram a alavanca da chave geral. A luz foi restabelecida imediatamente, e só então eles viram Ivo Gonçalves, o chefe da segurança do condomínio, caído no chão.

Os seguranças se acercaram dele. Mariela comentou:

– Parece que um dos passatempos do Racional é bater na cabeça dos outros.

– Seja quem for, é uma pessoa ágil e forte – comentou Bernardo. – Isso descarta muita gente.

– Por onde ele pode ter saído? – indagou Mariela.

– Era só ele descer a escada e ir embora pela porta principal. Com a casa às escuras, ele podia sair sem ser visto.

– Então quer dizer que ele vai sumir de novo?

– Se a gente correr, talvez não. O carro dele está na garagem do doutor Edézio, lembram?

– É mesmo – concordou Bernardo. – O táxi!

– Ele precisa ir até a garagem do Edifício Uirapuru, entrar no táxi e ir com ele até a saída do condomínio – disse Cecília. – O Uirapuru não fica muito perto da Casa Velha. Então, pelos meus cálculos, o Racional vai levar, pelo menos, dez minutos para fazer tudo isso.

– O apagão aqui dentro foi há quanto tempo? – perguntou Bernardo.

– Há nove minutos – disse Mariela. – Eu marquei no relógio.

Cecília esfregou as mãos.

– Então, se quisermos detê-lo, temos que correr.

Eles desceram a escada quase voando. Com as luzes acesas, as portas do Salão Nobre tinham se fechado novamente e o leilão recomeçara. Cecília, Mariela e Bernardo procuraram por Teodora, mas não a encontraram.

Ao deixarem a Casa Velha para o frescor da noite, olharam para a direita. Um carro com os faróis acesos descia lentamente a alameda em direção à saída do condomínio.

No segundo seguinte, como num passe de mágica, os celulares dos três começaram a vibrar e emitir uma sinfonia de bipes. Eles conferiram os aparelhos.

A internet acabara de ser religada.

17. O PIOR MOTORISTA DO CONDOMÍNIO

O que fariam agora?

Estavam a pé e não teriam como perseguir um carro. Nem se tivessem tempo de buscar as bicicletas. Precisavam pensar em alguma coisa depressa.

O carro passou por eles. Era ele, o táxi. Os vidros estavam fechados e não dava para ver quem dirigia.

Talvez, se fossem rápidos, conseguissem alcançar a guarita da entrada e alertar o vigia de plantão para não deixar o táxi sair.

Eles não tinham outra opção e, então, puseram-se a correr, como se tudo atrás estivesse desabando e uma avalanche de destroços fosse engoli-los se não pusessem velocidade máxima nas pernas. A sorte era que o acesso ao condomínio ficava quase ao lado da Casa Velha. Eles viram o táxi contornar suavemente o chafariz com a estátua da águia de bronze e se dirigir para a saída. Ainda dava tempo. Tinham que correr, correr mais... Com alguns segundos de vantagem falariam com o vigia antes de ele levantar a cancela.

– Aonde vocês pensam que vão?

O dono da voz autoritária que proferira a pergunta surgiu, vindo da outra calçada. Ele marchou ameaçadoramente em direção aos três. Cecília olhou aflita o táxi se aproximar da saída. Fez menção de continuar, mas Leôncio estendeu a mão para a frente:

– Vocês não vão a lugar algum. Isso são horas de ficar correndo no meio da rua? Estão pensando que isso aqui é o quê? A hora do recreio?

– Tem um bandido naquele táxi – Mariela apontou.

Leôncio estreitou os olhos para enxergar melhor.

– Como é que você sabe disso? Se a pessoa ou a família que estiver dentro daquele carro for inocente, essa sua acusação é muito grave, sabia?

– Leônc... Ops, perdão! Sr. Hélio Moacyr, estamos perdendo tempo – falou Bernardo. – O bandido vai fugir.

Leôncio colocou as mãos na cintura:

– Vocês estão querendo me enrolar, é?

O táxi estava parado junto à cabine do vigia. Logo ele sairia do condomínio.

– O senhor precisa acreditar na gente – implorou Mariela. – Por que acha que estaríamos mentindo?

Leôncio deu de ombros, cruzando os braços.

– Tenho milhões de motivos para isso. O principal deles é que vocês são crianças. Crianças fantasiam demais. Isso quando não mentem descaradamente.

– Tem um bandido naquele táxi – insistiu Cecília. – Se ele conseguir escapar, o senhor vai ser o responsável.

– Não tente me ameaçar, sua fedelha petulante – reagiu Leôncio. – Por que, em vez disso, não me diz qual o crime que esse bandido cometeu?

– O último foi invadir a sala de segurança da Casa Velha – respondeu Cecília.

– Atacar o Gonçalves – complementou Bernardo.

– E desligar a chave geral – arrematou Mariela.

Leôncio não esperava por aquela resposta. Ele estava em casa quando um dos funcionários da Casa Velha fora até lá para avisar do blecaute.

Assim como as crianças, Leôncio também já sabia que as telecomunicações haviam sido restabelecidas, pois na mesma hora apanhou o celular e fez uma ligação para a sala de segurança.

Atenderam no segundo toque.

– Gonçalves? – perguntou Leôncio.

– Não. O seu Gonçalves está caído no chão – respondeu uma voz masculina que Leôncio não soube identificar. – Acho que deram uma pancada na cabeça dele.

– Chame uma ambulância – Leôncio se apressou em desligar. A cancela tinha sido levantada e o táxi estava saindo.

– Olha lá! Olha lá! – gritou Mariela – Ele está fugindo!

Leôncio tinha percebido que os garotos estavam certos, e agora era hora de remediar o prejuízo.

A *van* do condomínio estava parada na vaga de sempre, ao lado da Casa Velha. Ele fez um gesto para os garotos.

– Venham comigo! Temos que deter esse bandido. E salvar a honra e a reputação do condomínio.

E, principalmente, a da sua gestão como síndico, Mariela por pouco não acrescentou.

– O senhor vai dirigir a *van*? – perguntou Bernardo, com ar de espanto.

– Se não for eu, vai ser quem? – rebateu Leôncio com ironia – Você?

– É que eu nunca vi o senhor dirigindo.

– Bê, pra que discutir isso agora? – Cecília repreendeu o amigo.

Eles entraram na *van*. A chave já estava na ignição. Leôncio deu partida e já ao sair da vaga quase bateu num poste. O síndico dirigia com a elegância de uma galinha desengonçada tentando pôr um ovo enquanto fugia de um tiroteio. Era, sem dúvida, o pior motorista do condomínio. A sucessão de horrores que se seguiu quase fez Cecília desejar ter deixado Racional escapar.

Para complicar ainda mais, as crianças viram, com verdadeiro pavor, quando Leôncio apanhou o celular e ensaiou fazer uma ligação. Enquanto dirigia!

Ai, meu Deus...!

– Pelo menos coloca no viva-voz! – pediu Mariela.

– O quê? – Leôncio se virou para trás.

– Põe a ligação no viva-voz. E não fica olhando para a gente enquanto está dirigindo.

A *van* quase bateu na cabine da entrada. O vigilante chegou a se levantar e colocar os braços na frente do rosto, já prevendo o pior. Leôncio desistiu do celular e falou ao vigilante.

– Preciso de reforços. Esse táxi que saiu daqui está levando um criminoso. Ligue para a polícia agora!

– Mas estamos sem telefone, doutor Hélio.

Leôncio soltou um suspiro de impaciência.

– Estávamos. Já foi tudo normalizado. A câmera registrou a placa do táxi?

– Com certeza. E eu vi que ele foi para a direita.

Ou seja: em direção à Colina das Torres.

– Então passe a numeração da placa para a polícia e diga que tem um bandido no táxi. E levante a cancela aí na frente, senão eu vou passar por cima dela! Depressa!

Cecília receava que, com tanta demora, Racional tivesse tempo de trocar de veículo e abandonar o táxi, como fizera com o Fiat Eca. Se essa era a tática de fuga dele, eles tinham tudo para perdê-lo de vista para sempre.

A *van* saiu do condomínio e dobrou em disparada para a direita. Nos primeiros duzentos metros, Leôncio quase bateu nuns dez carros, nuns quinze postes e subiu na calçada umas cinco vezes. Ainda bem que naquela área não havia quase pedestres circulando, do contrário aconteceria um homicídio em massa.

– Eu também registrei a placa – lembrou Mariela. – Lá na garagem do doutor Edézio. Começa com ROP. Será que é algum código?

– Código? – caçoou Bernardo – Para quê? Para se denunciar?

– Sei lá. Assim como o ECA da placa do Fiat pode significar "Edézio Crisóstomo Arjona", a desse táxi pode querer dizer, sei lá: "Racional, O Pilantra". Ou "Racional, O Patife"... "Racional, O Picareta"... Tem várias possibilidades.

– Nossa, que engraçado! – disse Bernardo, com um sorriso amarelo.

O celular do síndico tocou. Cecília se atirou no banco da frente para não deixar Leôncio atender.

– Alô, é o doutor Hélio? – falou uma voz do outro lado.

– Não. É uma vizinha dele.

– Aqui é da portaria. Já avisei a polícia e me disseram que diversas viaturas estão a caminho. Onde vocês estão agora?

– Quase chegando à Colina das Torres.

– Vou passar a informação para eles – e desligou.

Contornaram a rotatória que precedia a vasta área verde que rodeava a Colina das Torres. Viram as silhuetas das imensas antenas de eletricidade e telefonia erguendo-se monstruosas do terreno arborizado, que, àquele horário, mais parecia um bosque assombrado. Muitos veículos trafegavam nos dois sentidos da Avenida Itaguapé; mas isso, em vez de ser um problema para eles, acabou sendo um trunfo, porque a *van* tinha corrido tanto que conseguiu reverter a desvantagem em relação ao táxi. Agora já era possível vê-lo novamente. Ele estava estacionando estranhamente no mesmo lugar em que o Fiat Eca fora encontrado na noite do blecaute.

Leôncio levou a *van* até o próximo retorno e quase fez o veículo capotar ao dobrar na outra pista. Sua aproximação, assim, não foi tão discreta como seria o ideal. Um vulto vestido de preto, com um tecido estampado envolvendo a cabeça, desceu do táxi, mas deve ter visto a aproximação da *van* pelo retrovisor, pois na mesma hora começou a correr.

– Olha lá! – gritou Bernardo – O Racional está fugindo!

Racional corria numa velocidade impressionante. Parecia ter turbinas no lugar das pernas; se quisesse, teria vaga garantida nas olimpíadas.

– Essa fuga não está sendo muito racional, concordam? – perguntou Mariela, fazendo troça com o apelido do bandido.

Leôncio deu marcha a ré na *van*, enlouquecendo os veículos que vinham atrás. Parou bem diante da entrada da Colina das Torres. Racional estava escalando o portão e prestes a passar para o outro lado quando Cecília, Mariela, Bernardo e Leôncio desceram da *van*.

Racional chegou ao topo do portão, sempre tomando o cuidado de ocultar o rosto no tecido estampado que envolvia sua cabeça. Como ele conseguia?

As crianças estavam pensando no que fazer quando olharam para baixo e viram, do outro lado do portão, algo refletindo a luz do luar.

O cano prateado de um revólver.

18. UMA TROPA INVADE O LEILÃO

Mas Racional também parou.

Ele, que se preparava para descer para o outro lado, permaneceu aboletado no topo do portão.

– Ei, eu conheço vocês – disse o homem que empunhava a arma, e Cecília o reconheceu. Era Almir, o funcionário mal-

-encarado da subestação que os recebera ali ontem. – O que estão fazendo aqui? Quem é essa criatura empoleirada em cima do portão?

– É um bandido, seu Almir – respondeu Mariela. – Um falsificador de obras de arte.

– Foi ele o causador de toda aquela confusão aqui na noite do apagão – acrescentou Bernardo.

Almir apontou a arma para Racional.

– Melhor você descer sem tentar reagir. Sou bom de mira.

Racional obedeceu e, cuidadosamente, deslizou de volta para a calçada. Eles ouviram as sirenes de carros da polícia se aproximando. Logo clarões azuis e vermelhos dos giroscópios sobre as viaturas iluminavam o local. Cecília aproximou-se de Racional e retirou o tecido estampado que lhe ocultava o rosto.

Mal pôde acreditar.

À sua frente estava o simpático *hipster*, de coque samurai e barba de lenhador, que trabalhou como garçom e segurança no leilão.

– Sei o que estão pensando – disse ele, ofegante, mãos para cima e olhos assustados ao ver os policiais armados se aproximando. – Mas eu não sou quem vocês estão procurando.

– E como é que você sabe quem a gente está procurando? – perguntou Cecília.

– Eu não sou o Racional. Apenas trabalho para ele. Fiz alguns serviços, entre eles plantar a bomba aqui na Colina das Torres e detoná-la pelo celular. Eu estava com o táxi aqui parado aguardando o Racional chegar para trocar de veículo durante a fuga. Precisávamos do blecaute para isso. Sem luz, não seríamos vistos aqui, e, sem internet, as câmeras do condomínio não registrariam nossa chegada. A polícia perderia a pista do Racional.

– Então a intenção de vocês o tempo todo foi entrar no condomínio? – indagou Leôncio. – Era parte do plano?

– Era parte fundamental do plano.

– Até mesmo você trabalhar como garçom? – quis saber Cecília. – E como segurança?

– Eu precisava de uma justificativa para circular de forma insuspeita pelo condomínio – explicou o *hipster*. – Como o leilão foi transferido às pressas para a Casa Velha, eles precisavam de pessoal extra para trabalhar na segurança. Me candidatei e fui logo admitido. Na noite do coquetel, muitos seguranças foram escalados para servir os convidados, já que ninguém tinha se lembrado de contratar garçons também.

– Se você não é o Racional, por que estava fugindo? – perguntou Mariela.

– Percebi que Racional seria descoberto e preso. Quis fugir antes que isso acontecesse. Daí, invadi a sala de segurança da Casa Velha e derrubei a luz para sair de lá sem ser visto por ninguém.

Cecília colocou as mãos na cintura.

– Mas, afinal, quem é o Racional?

– Sim, é o que queremos saber – disse o policial, que agora estava de pé ao lado de Cecília.

O *hipster* disse:

– Eu levo vocês até ele.

E acrescentou:

– Vocês vão acreditar, principalmente, quando souberem a origem do apelido "Racional".

Quando ele contou, tudo fez sentido. Cecília ficou impressionada.

***

Atrás da tribuna, Edézio Arjona anunciava mais um dos quadros leiloados quando as portas se abriram de repente e uma verdadeira tropa invadiu o Salão Nobre. Ali estavam Cecília, Mariela, Bernardo, Leôncio, o garçom *hipster* e um grupo de homens e mulheres da polícia.

Ele foi obrigado a interromper o leilão.

– O que está acontecendo aqui? – perguntou o leiloeiro, tenso.

Mariela se aproximou dele.

– Este homem – ela apontou para o *hipster* – é cúmplice do Racional, o maior falsificador de obras do país, que está aqui neste salão.

Parado ao lado do *hipster*, Leôncio só observava o desenrolar da cena, sem dizer palavra alguma. Não queria se envolver mais.

– Ele falsificou o quadro *Capivari* – falou Cecília. – Esse quadro, aliás, nunca existiu de verdade. Nunca foi pintado por Tarsila do Amaral.

Edézio engoliu em seco.

O *hipster* se soltou dos policiais e caminhou alguns passos à frente. Encarou Edézio demoradamente.

– Doutor Edézio – disse ele, e, no segundo seguinte, virou-se para a plateia. – Racional está bem ali.

Naquele momento, Teodora entrou no salão por uma porta lateral.

Todos os olhares se voltaram para ela. Mas o dedo do *hipster* estava apontado um pouco mais para baixo, para a primeira fileira, onde Carolina Moraes Correia achava-se sentada.

– Racional, doutor Edézio, é um anagrama de "Carolina".

Anagrama é quando as letras de uma palavra formam outra palavra. Ao desmembrar as letras de "Carolina" e rearrumá-las, formam-se outros nomes, inclusive "Racional".

Muito engenhoso.

Teodora Carneiro dirigiu-se até Carolina, escoltada pelo grupo de policiais que acompanhara Cecília e a turma toda até o leilão.

– Qualquer acusação contra mim é um absurdo – disse Carolina, calmamente. – Sou uma colecionadora respeitada há anos. Jamais falsificaria quadros. Isso é para bandidos.

– Mas aquele rapaz – Teodora apontou para o barbudo *hipster* – parece ter bastante certeza do que está falando.

– Ele está mentindo. Ninguém pode provar nada contra mim. Além disso, se *Capivari* é falso, a principal vítima sou eu, que sou a dona dele.

– Nós vamos investigar. E se a senhora for inocente, ficará livre.

Carolina não foi presa. Ela não tinha tentado fugir e não havia flagrante. Mesmo assim, Teodora a levou para prestar depoimento na Delegacia de Defraudações. Elas saíram do Salão Nobre acompanhadas por Leôncio e observadas por todos os presentes. O *hipster* foi também. No dia seguinte, todos ficariam sabendo que o nome dele era André e que Carolina era sua tia. A primeira prova da união dos dois no mundo do crime.

Depois que eles saíram, Cecília perguntou a Edézio:

– O que o senhor vai fazer com o *Capivari*?

– Já o tirei do leilão – ele disse, com certa tristeza. – Logo depois que a luz voltou aqui na Casa Velha, a delegada Teodora me fez examiná-lo com calma. E constatei que, sim, o quadro é falso. Confesso que fui descuidado. Confiei demais na Carolina, minha amiga de muitos anos, e nem me preocupei em fazer uma análise básica, que mostraria que a tinta da pintura era recente demais para ser de Tarsila do Amaral.

– Que tristeza... – lamentou Mariela. – Um quadro tão bonito!...

– A boa notícia é que as letras ECA na placa daquele Fiat velho eram só uma coincidência, né? – provocou Bernardo.

Edézio não entendeu que os dois falavam dele e, totalmente recomposto, como se nada tivesse acontecido, retomou o leilão minutos depois. Dessa vez, Cecília, Mariela e Bernardo ficaram para assistir, tomando o cuidado de manter as mãos bem quietas para Edézio não pensar que eles estavam dando algum lance.

19. O QUARTO DETETIVE?

Uma semana depois, Cecília, Mariela e Bernardo estavam tomando suco na lanchonete da Casa Nova quando Teodora Carneiro apareceu.

– Posso me sentar? – perguntou ela, com um sorriso amigável. – Me disseram que vocês estariam aqui.

– Pode, claro – disse Cecília.

Era uma tarde ensolarada e agradável. Havia bastante gente na lanchonete, com praticamente todas as mesas ocupadas por jovens e famílias em silêncio, todo mundo digitando ferozmente no celular, ignorando tudo ao redor. Márcia Maria não estava; quem os atendia era um dos funcionários, um rapaz muito mais simpático do que a patroa. Aliás, qualquer ser humano parecia ser mais simpático do que a Márcia. Até o Leôncio, que, justiça seja feita, teve papel fundamental na prisão de Racional e seu comparsa.

– Vim ao condomínio para agradecer – disse Teodora. – Eu estava atrás de Racional há anos, e, sem a ajuda de vocês, ela teria conseguido fugir mais uma vez.

– Aquela história que o sobrinho *hipster* da dona Carolina contou de que resolveu fugir para não ser pego era furada, certo? – perguntou Mariela.

– Furadíssima – concordou Teodora. – A fuga dele era parte do plano. Ele armou aquele blecaute na Casa Velha e golpeou de propósito o chefe de segurança para que ficasse claro que ele era o Racional. Levantamos a ficha dele. Anos atrás, ele trabalhou na Colina das Torres, que conhecia muito bem. Uma vez lá dentro, ele escaparia tranquilamente. E dona Carolina continuaria livre, posando de inocente.

– Por isso ela estava tão tranquila... – observou Bernardo.

– Ela estava certa da impunidade – disse Teodora. – Mas nós levantamos a ficha dela e examinamos sua coleção de arte. Adivinhem? Todos, absolutamente todos, os quadros dela são falsos. E fomos atrás de muitas das obras que ela vendeu ao longo dos anos. Todas falsas também. Ela própria pintava os quadros, copiando com precisão estilos de pintores consagrados, e os vendia depois como sendo deles. Ela era vista na sociedade como uma colecionadora importante. Estava acima de qualquer suspeita. Ou pensava que estava.

– Então dona Carolina realmente é a culpada? – quis saber Cecília. – Está provado?

– Sim, está. Ela até já confessou. As provas eram fortes demais.

– Ela ainda tentou te incriminar para o doutor Edézio – disse Mariela. – Quando perguntamos quem era o taxista que a trouxe para o condomínio na noite do blecaute, ela descreveu uma mulher exatamente como você.

– Sim, o doutor Edézio me contou – falou Teodora.

– Isso foi bem feio – Bernardo fez coro. – E teve também o golpe na cabeça do Régis Salgado. Bem na hora que você tinha ido ao banheiro. Estava na cara que ela fez isso para você ser a principal suspeita.

Teodora torceu os lábios, pensativa.

– Querem que eu seja bem sincera? Não acho que dona Carolina soubesse que eu era a delegada que estava tentando capturar Racional. Ela apenas me escolheu entre as muitas pessoas que estavam no coquetel para incriminar. Seria uma forma de confundir vocês e tumultuar a investigação, antes que o quadro falso fosse vendido e ela pudesse ir embora com o dinheiro.

– Será mesmo? – Cecília não estava muito convencida. – Mas e o golpe na cabeça do Salgado?

– Não foi ela. Ouvi o depoimento de Régis Salgado e o que aconteceu ali foi muito simples: quando ele entrou na festa, eu estava indo ao banheiro, cujo acesso fica no fundo do salão. Ao olhar para mim, ele se lembrou de ter me visto na Colina das Torres na hora do blecaute e foi tirar satisfações comigo. Só que André, o garçom *hipster*, também estava naquela parte do salão servindo os convidados. Ele achou que Salgado estivesse indo falar com ele. Afinal, podia tê-lo visto na Colina, quando Carolina fez a troca de carros.

– E aí ele resolveu se livrar do Salgado? – deduziu Mariela.

– Sim – disse Teodora. – Havia muita gente ali e, então, André conseguiu se esconder na multidão quando Salgado passou por ele. Ao ver que ele entrou pela porta que dá para os banheiros, enxergou ali uma oportunidade de eliminá-lo e deu uma pancada na cabeça dele. Dona Carolina nem sabia disso.

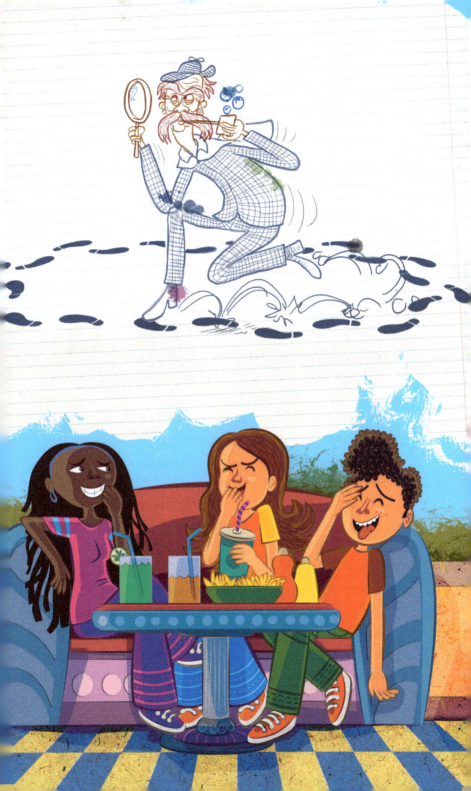

Cecília deu um suspiro.

– Que bom que tudo acabou, né?

– É, mas volto a dizer que o empenho de vocês foi fundamental. Já agradeci ao síndico também. Aliás, vocês quatro formam uma equipe e tanto.

Vocês *quatro*?

Teodora se despediu com um beijinho no rosto de cada criança, antes que elas tivessem tempo de dizer que a equipe era só de três. Pois mesmo que eles, num acesso de loucura, convidassem Leôncio a se juntar ao grupo, o próprio síndico odiaria a ideia. Mas agora era tarde, e Teodora tinha ido embora com aquela imagem na cabeça: uma equipe com quatro.

Melhor não pensar nisso.

Uma semana antes, a internet havia voltado ao normal e as pessoas, angustiadas pelos dias *offline*, voltaram ao seu estado habitual de zumbis viciados em celulares e ausentes da vida real. O silêncio retornou aos intervalos do colégio, em que poucos conversavam, e, em casa, Cecília e Mariela voltaram a disputar a atenção das mães com a internet, que elas só abandonavam na hora de dormir. Bernardo, felizmente, não tinha esse problema, pois seu Felício entendia tanto de tecnologia quanto ele de física nuclear.

Os celulares dos três não eram de último tipo, nem os mais caros ou os mais vistosos. Funcionavam bem, tinham boa memória interna para o que precisavam, e isso era suficiente. O mais importante, porém, é que eles sabiam não ser necessário estarem conectados o tempo todo. Naquele momento, por exemplo, mantinham os celulares bem guardados nos bolsos e com as campainhas silenciadas. Queriam aproveitar o momento: uma tarde gostosa de sol e brisa fresca, sucos de fruta geladinhos e, o mais importante, uma boa e descontraída conversa entre amigos.

Havia, também, a sensação de dever cumprido. Racional fora capturado, e aquele esquema de falsificação de obras de arte havia sido desarticulado.

Cecília observou as outras pessoas na lanchonete, todas ocupadas demais com a internet para dirigir um olhar a quem estava sentado ao lado delas.

Ela deu um suspiro. Por uns dez segundos, desejou que um segundo atentado devastasse a Colina das Torres e transformasse a cidade em uma grande área de sombra por, sei lá, uns seis meses.

Quem sabe, assim, todas aquelas pessoas se libertassem da escravidão da internet e voltassem a conversar umas com as outras ao vivo. Era tão bom...

Michele Mifano

LUIS EDUARDO MATTA

Tempos atrás, durante um jantar com pessoas queridas, algo me incomodou bastante: em vez de conversar, boa parte dos que estavam à minha volta preferia a companhia dos celulares. Não se desgrudavam deles nem na hora de comer. Fiquei imaginando como todos ali reagiriam se, de repente, houvesse um apagão prolongado na internet, e foi nesse momento que surgiu a ideia para *Detetive Cecília e a área de sombra*. Mas, como num livro de mistério nada acontece por acaso, o apagão que atinge o Condomínio Quinta do Riacho pode ter um motivo forte. Afinal, um quadro valioso de uma das mais importantes pintoras do Brasil vai a leilão naquela semana e alguém pode estar de olho nele. Caberá ao nosso jovem e infalível trio de detetives descobrir se a internet foi desligada de propósito e salvar o quadro de mãos invisíveis e perigosas antes que seja tarde demais.

Arquivo pessoal

FÁBIO SGROI

A gente usa a internet o tempo todo e nem percebe, não é mesmo? Eu, por exemplo, quando estou desenhando, acesso fotos *on-line* para me inspirar ou usar como referência para criar roupas, cenários e personagens, e só quando a bateria do celular acaba ou o sinal falha é que me dou conta. Recorrer à internet quando necessário é prático e útil, mas ficar o tempo todo com o nariz grudado na telinha não é legal. Afinal, quando nos conectamos virtualmente, somos apenas um número dentro de uma grande rede de computadores repleta de armadilhas e algoritmos que tentam nos vender de tudo. Então, se quisermos permanecer conectados de verdade com nossos amigos e familiares, o negócio é fazer como a nossa querida detetive Cecília: deixar o celular guardado e conversar pessoalmente, olho no olho, sorriso no rosto e muitas histórias para contar.

Este livro foi composto com as tipografias
Aleo e Breakfast e impresso em papel *offset*
para a Editora do Brasil em 2021.